Wolfgang Kemmer
# GUT UND BÖSE
Kriminelle Geschichten

AF187519

**Wolfgang Kemmer,** 1966 in Simmern/Hunsrück geboren, studierte Germanistik, Anglistik und Angloamerikanische Geschichte in Köln und arbeitete anschließend als Lektor in einer Literaturagentur. Heute lebt er als freiberuflicher Autor, Lektor und Dozent mit seiner Familie in Augsburg. Er schreibt Romane und Kurzgeschichten, gibt Anthologien heraus und betreute viele Jahre den Krimi-Podcast von Jokers-Weltbild. 2011 war er nominiert für den Agatha-Christie-Preis.

www.wolfgang-kemmer.de

Wolfgang Kemmer

GUT UND BÖSE

Kriminelle Geschichten

Bibliografische Information der Deutschen
Nationalbibliothek: Die Deutsche Nationalbibliothek
verzeichnet diese Publikation in der Deutschen
Nationalbibliografie; detaillierte bibliografische Daten sind
im Internet unter dnb.dnb.de abrufbar.

© 2019 Wolfgang Kemmer
Cover: Dorothee Bördgen

Herstellung und Verlag: BoD – Books on Demand,
Norderstedt

ISBN: 978-3-7494-4923-1

»Ich glaube in der Tat, mit den Kirchenvätern dieser Literatur; dass der Kriminalroman die letzte noch mögliche literarische Form ist, in der die Frage von Gut und Böse verhandelt wird.«

*Jörg Fauser*

# Inhalt

# Katzenglück

Samuel Hellwarth, von allen meist nur Semmel genannt, stieg wie immer mit dem rechten Fuß zuerst aus dem Bett. Es war ein Ritual, das ihm in Fleisch und Blut übergegangen war, aber an diesem Morgen geschah es ganz bewusst. Er achtete sorgfältig darauf, denn es war ein besonderer Tag, und das nicht nur, weil er das Grab für seine Mutter ausheben musste.

Er ging im Schlafanzug in die Küche und machte sich ein Frühstück, bestehend aus einer großen Kanne Kaffee, zwei dicken Scheiben Weißbrot, vier Eiern und einer großen Portion Speck. Eier leistete er sich sonntags immer, aber den Speck nur deshalb, weil es heute sein großer Tag werden sollte. Und außerdem musste er stark sein. Bei seiner Mutter hatte es nur dann Eier mit Speck für ihn gegeben, wenn er wieder einmal die schweren Arbeiten übernehmen musste, die früher sein Vater erledigt hatte.

Als er fertig war, stellte er das schmutzige Geschirr zu dem übrigen Berg in die Spüle und ging wieder ins Schlafzimmer, um seine Arbeitskleidung anzuziehen, das grobe, gewürfelte Flanellhemd und die dunkelblaue Latzhose mit dem Stadtwappen darauf. Genau genommen besaß er gar keine andere Kleidung, lediglich noch einen abgetragenen, schwarzen Mantel, den Burger ihm geschenkt hatte, damit er ihn anzog, wenn er einmal als Sargträger aushelfen musste.

Burger sah es zwar nicht gerne, wenn er am Sonntag arbeitete, aber in diesem besonderen Fall würde er es nicht wagen etwas zu sagen. Schließlich hatte er ihm zunächst sogar angeboten, das Grab von einem anderen ausheben zu lassen, war dann aber wegen der zusätzlichen Unkosten doch froh gewesen, als Hellwarth dankend abgelehnt hatte.

Trotzdem rechnete Samuel mit jeder Menge Ärger. Es gab genügend Leute, die sonntags auf den Friedhof kamen, um ihre Toten zu besuchen. Wenn sie das offene Grab sahen, würde ihnen die alte Regel einfallen, die besagte, dass es bald einen weiteren Toten gab, wenn sonntags ein Grab offenstand. Und sie würden ihn dafür verantwortlich machen. Hellwarth grinste vor sich hin. Er wusste, dass die Regel stimmte. Seitdem er Friedhofswärter war, hatte er sich daran gehalten. Als Friedhofswärter war es wichtig auf solche Dinge zu achten. Und außerdem hatte seine Mutter ihm den Respekt vor diesen »tiefen unergründlichen Weisheiten«, wie sie es genannt hatte, nur allzu schmerzhaft eingebläut.

Samuel Hellwarth ging in den Geräteschuppen und lud sich Spitzhacke und Schaufel auf die Schulter. Dann vergewisserte er sich, dass er auch den Zollstock eingesteckt hatte. Gewöhnlich brauchte er ihn nicht. Nach all den Jahren hatte er es im Gefühl, wie tief das Grab werden musste. Aber diesmal war es wichtig, das Grab tiefer zu machen, und er wollte nicht, dass irgend jemand Verdacht schöpfte. Also musste er darauf achten, dass es auch auf keinen Fall *zu* tief wurde.

Er ging zu dem armseligen Fleckchen Erde in der hintersten Ecke neben dem riesigen, stinkenden Komposthaufen, wo die Gräber derjenigen lagen, die sich keine normale Grabstätte leisten konnten und von der Stadt hier einen Platz zugewiesen bekamen.

»Tut mir leid Semmel«, hatte Burger gesagt, als er ihn wegen der Grabstelle gefragt hatte, und bedauernd die Achseln gezuckt. »Auch wenn du hier ja ... äh ... quasi daheim bist ... äh..., können wir da keine Ausnahme machen.«

Und damit war die Sache für ihn abgetan. An sich war Burger ja ganz in Ordnung, aber er konnte natürlich auch

nicht, wie er wollte. Zumindest nicht mehr, seit dieser einge-
bildete Lackaffe von einem Bauunternehmer den Stadtrat
samt Oberbürgermeister in die Tasche gesteckt hatte.

Mit seinem großkotzigen Freizeitbad-Projekt, dem die So-
zialbauten am Stadtgraben weichen mussten, hatte er es
schon geschafft, Hellwarths Mutter aus ihrer armseligen
Wohnung zu vertreiben, nun gönnte er ihr nicht einmal
einen ordentlichen Platz auf dem Friedhof. Dabei war das
kleine Wärterhäuschen neben der Leichenhalle, in dem Hellwarth die glücklichste Zeit seines Lebens verbracht hatte, im
letzten Jahr auch für sie schon fast zum Zuhause geworden.
Sie hatte es abgelehnt, in ein Altenheim zu gehen und darauf
bestanden, zu ihrem Sohn auf den Friedhof zu ziehen, obwohl sie nach dem Vorfall mit Rufus in all den Jahren kaum
noch miteinander gesprochen hatten.

Samuel hatte sie schlecht zurückweisen können, obwohl
er heilfroh gewesen war, aus der beengten Wohnung zu ent-
kommen, in der sie nach dem Tod seines Vaters hatten hau-
sen müssen. Nur deshalb hatte er schließlich sogar den
Friedhofswärterjob angenommen, den Tom ihm verschafft
hatte. Es war eines von Toms üblichen Späßchen gewesen,
aber Hellwarth hatte ihn beim Wort genommen und dann
war der Friedhof tatsächlich so etwas wie ein Zuhause für
ihn geworden.

Und irgendwie hatte er das Gefühl, dass er im Grunde
schon damals, in jener Nacht vor mehr als fünfundzwanzig
Jahren, hier hängengeblieben war. Irgendwie war ihm damals schon klar geworden, dass der Friedhof einmal sein
Schicksal sein würde.

Es war der heiße Sommer gewesen, in dem der alte Hutwelker endlich gestorben war. Keiner wusste genau woran,

und keiner wusste genau, wie alt er eigentlich war, aber Lästermäuler sagten ihm nach, er wäre nur deshalb so alt geworden, weil er mit dem Teufel im Bunde gestanden hätte. Jedenfalls hatte Tom es zu der Gelegenheit schlechthin erklärt, endlich das Experiment mit der Katze auszuprobieren. Er hatte davon in diesem dicken Buch gelesen, in dem er immer herumschmökerte. Es handelte von zwei Jungs, Huck und Tom, die ungefähr so alt waren wie sie und unglaublich viele Abenteuer erlebten.

Tom, der eigentlich Thomas Bessen hieß, hatte das Buch in der Schule gelesen und so ein Gefallen daran gefunden, dass er sich fortan nur noch Tom nannte. Besonders fasziniert war er von der Episode, als die beiden Jungs nachts auf den Friedhof gehen, um ihre Warzen loszuwerden. Es war eine Geschichte, die er Semmel immer wieder erzählt hatte.

Angeblich brauchte man dazu eine tote Katze und das frische Grab eines alten Schurken, den garantiert der Teufel holen würde. Kam dann nachts der Teufel, um den alten Sünder zu holen, musste man ihm die Katze hinterherwerfen und eine Beschwörungsformel murmeln, die bewirkte, dass die Warzen samt Katze, Teufel und Leiche verschwanden.

Bei Tom und Huck hatte es leider nicht geklappt, weil statt des Teufels nur drei Leichenräuber gekommen waren, der junge Doc Robinson mit seinen Helfern Indianer-Joe und Muff Potter. Die waren sich dann in die Haare geraten, wobei der schurkische Indianer-Joe den jungen Doktor hinterrücks erstochen und es anschließend dem betrunkenen Muff Potter in die Schuhe geschoben hatte.

Was weiter geschah, daran konnte Semmel sich nicht mehr genau erinnern, aber die Namen und auch den Zauberspruch hatte er behalten, weil Tom Bessen ihm den Kram oft genug vorgebetet hatte:

»Teufel hinterm Leichnam her,
Katze hinterm Teufel her,
Warze hinter der Katze her,
Seh euch alle drei nicht mehr!«

Tom fand es ziemlich enttäuschend, dass der Teufel in der Geschichte nicht aufgetaucht war und wollte es daher nun selbst einmal probieren. Und Semmel wollte er mitnehmen. Tom hatte ihm das Buch gezeigt und sogar großspurig angeboten, es ihm einmal zu leihen, aber – wie Semmel insgeheim vermutete – nur deshalb, weil er genau wusste, dass sein Freund heilfroh war, wenn er mit der blöden Buchstabiererei in der Schule zurechtkam und sich nicht auch noch zu Hause damit abplacken musste.

Sie hatten sich also für die Nacht nach der Beerdigung des alten Hutwelkers auf dem Friedhof verabredet. Tom hatte ihm genau erklärt, wie er es anstellen musste, um von zu Hause wegzukommen, ohne dass seine Mutter Wind davon bekam. Sein Vater war kein Problem mehr, seit er, von einer rätselhaften Krankheit gelähmt, nur noch im Bett lag.

Mittlerweile hatte Samuel Hellwarth zu graben begonnen und stand schon bis zu den Knien in der Grube, die am nächsten Tag den billigen Fichtenholzsarg seiner Mutter aufnehmen sollte. Die Erde war in dieser Ecke nicht allzu hart. Es war nicht viel Platz vorhanden, aber die Gräber wurden ja auch nicht wie auf dem übrigen Friedhof auf längere Zeit verkauft, sondern sollten schnellstmöglich wieder neu genutzt werden.

Hellwarth erinnerte sich daran, wie er damals Schlag halb zwölf leicht fröstelnd aus dem Bett gestiegen war. Schon damals mit dem rechten Fuß zuerst.

11

Er war aus dem Fenster geklettert, über das Garagendach gerobbt und die Regenrinne hinabgerutscht, genau wie Tom es ihm empfohlen hatte. Auf dem Weg zum Friedhof fiel ihm plötzlich ein, dass er selbst überhaupt keine Warzen hatte, die er zum Teufel wünschen konnte. Sicher hatte Tom welche. Tom dachte gewöhnlich an alles. Er hatte auch versprochen, eine tote Katze zu besorgen.

Vor dem Eingang wollten sie sich treffen. Es war zehn vor zwölf. Tom war noch nicht da. Vielleicht war er nicht von zu Hause fortgekommen. Oder der alte Klugscheißer hatte am Ende gar Schiss!

Als Semmel zögernd das ächzende alte Holztor zum Friedhof aufzog, um nachzusehen, ob er vielleicht schon zum Grab des alten Hutwelkers vorgegangen war, packten ihn zwei Hände von hinten an der Kehle und drückten zu. Semmel schlug wild um sich und versuchte nach hinten zu treten. Er traf etwas. Der Griff an seiner Kehle lockerte sich. Semmel schnappte nach Luft und riss sich los.

»Sachte, sachte«, beschwichtigte Tom. »War doch nur ein Spaß!«

»Schöner Spaß, verdammter Scheiß!« Semmel fasste sich an die Kehle. »Haste wenigstens die Katze?«

»Klaro, die liegt schon am Grab. Komm schnell, sonst ist der Teufel noch vor uns da!«

Irgendwie schien Tom die Sache mit dem Teufel nicht allzu ernst zu nehmen. Zumindest schien er keine Angst zu haben, wie Semmel erstaunt feststellte. Er selbst zitterte immer noch am ganzen Körper nach der unerwarteten Attacke von hinten. Trotzdem folgte er Tom zum Grab des alten Hutwelkers. Es lag in der hintersten Ecke neben dem Komposthaufen. Der alte Hutwelker war ein armer Schlucker gewesen, der sicher mehr als die Hälfte seines Lebens im Knast verbracht hatte. Er hatte keine Verwandten, die sich um ihn oder sein Grab gekümmert hätten, obwohl es angeblich einen Sohn gab, der aber, dem Vernehmen nach, genauso ein Taugenichts wie sein Vater geworden war und sich irgendwo im Ausland herumtrieb.

Samuel Hellwarth war mit seiner Arbeit gut vorangekommen und stand nun schon bis zum Scheitel in der Grube. Dabei schwitzte er wie ein Schwein, arbeitete aber verbissen weiter, bis er glaubte tief genug zu sein. Dann zog er den Zollstock aus der eigens dafür bestimmten Seitentasche seiner Arbeitshose und maß nach. Es war tief genug. Er schwang sich aus dem Grab, setzte sich auf den frischen Erdhügel daneben und drehte sich eine Zigarette.

Auf dem schmucklosen, frischen Erdhügel unter dem damals der alte Hutwelker auf den Teufel wartete, lag Rufus, der schwarze Kater seiner Mutter, mit eingeschlagenem Schädel. Semmel erkannte ihn nur noch daran, dass ihm das linke Auge fehlte. Der kleine weiße Flecken an seinem Hals war dunkel von verkrustetem Blut.

»Hab das Vieh von seinem Leiden erlöst«, sagte Tom schnell, bevor Semmel sich von seinem Entsetzen erholt hatte. »Hat doch eh nichts mehr gesehen und keine Mäuse mehr fangen können.«

Semmel ballte die Fäuste und stöhnte.

»Ging auch ganz kurz und schmerzlos. Ist gar nichts dran an dem Spruch, dass Katzen angeblich neun Leben haben. Ich hab ihn einfach an den Hinterläufen gepackt und ein paarmal mit dem Kopf gegen die Garagenwand gedonnert.«

»Meine Mutter ...«, stammelte Semmel. »Meine Mutter ....«

»Ach was, deine Mutter, hast du nicht selbst immer gesagt, dass sie eine alte Hexe ist! Und ist sie nicht auch immer zum ollen Hutwelker gelaufen? Und jetzt ist auch noch dein Papa krank. Und das mit dem Auge warst schließlich du, wenn ich dich daran erinnern darf.«

»Aber ... aber das war doch 'n Unfall!«

»Schluss jetzt, es ist gleich zwölf, wir müssen uns verstecken, sonst nimmt uns der Teufel gleich mit!« Tom zog ihn kurzerhand hinter die niedrigen Büsche, die den Komposthaufen einfassten. Es stank nach Fäulnis und Verwesung.

Nachdem die Turmuhr der nahen Liebfrauenkirche Mitternacht geschlagen hatte, harrten sie beklommen der Dinge, die da kommen sollten. Semmel wagte es nicht mehr, den Mund aufzumachen. Das leise Rascheln der Bäume und Büsche im Wind, das ferne Bellen der Hunde, das Miauen einer Katze, das alles schien ihm das Nahen des Teufels anzukündigen, und jedes noch so kleine Geräusch jagte ihm immer wieder eine höllische Angst ein.

Tom dagegen schien sich mehr und mehr zu entspannen, je länger der Teufel ausblieb. Ja, Semmel schien es fast, als ob er die Situation außerordentlich genoss. Vor allem Semmels Angst. Aber auch Tom schwieg. Erst als die Turmuhr zwei schlug, gähnte er herzhaft und sagte dann seelenruhig, aber so laut, dass es Semmel förmlich durch die Nacht zu hallen schien: »Ich glaube, ich muss jetzt doch mal wieder nach Hause. Ich schreib nämlich morgen eine Lateinklausur.«

Tom ging damals schon in die sechste Klasse des Gymnasiums, während es bei Semmel nur knapp für die Hauptschule reichte. Bis zur dritten Klasse hatten sie gemeinsam die Grundschule besucht, dann war Semmel hängengeblieben. Es war von Anfang an eine ungleiche Freundschaft zwischen ihnen gewesen, die sich – wie viele Freundschaften – mehr aus Gelegenheit und einer gewissen Gewohnheit ergeben hatte, denn aus echter Sympathie füreinander.

Samuel Hellwarth seufzte und warf die Kippe ins Grab. Gleich darauf durchzuckte es ihn. War das nicht auch ein schlechtes Omen? Hatte seine Mutter ihm nicht immer eingeschärft, nie etwas in ein Grab fallen zu lassen? Hieß es nicht, wenn einem etwas in ein Grab fiel, dass man selbst bald nachfolgte? Dann schüttelte er entschieden den Kopf. Schließlich war ihm die Kippe nicht hineingefallen, sondern er hatte sie reingeworfen. Hellwarth wusste, dass es in diesen Dingen auf solch feine Unterschiede ankam. Er stand auf, maß dabei mit Kennerblick noch einmal die Tiefe des Grabes, schulterte Schaufel und Spitzhacke und ging zurück zum Geräteschuppen.

Tom war damals tatsächlich einfach nach Hause gegangen. Ohne ein weiteres Wort hatte er Rufus auf den stinkenden Kompost geworfen und war nach Hause gegangen. Und Semmel hatte immer noch keinen Ton herausgebracht, sondern ihm nur mit weit offenem Mund hinterhergestarrt.

Erst als er Toms Schritte nicht mehr in der Ferne auf dem Straßenpflaster hören konnte, hatte auch er sich hinter den Büschen erhoben und Rufus aus der Mistgrube herausgeholt. Er mochte den Kater nicht sonderlich, vor allem deshalb nicht, weil seine Mutter mit einer ihm völlig unverständlichen Affenliebe an ihm hing. Er schlief sogar in ihrem Bett, während sein Vater auf die schmale Couch im Wohnzimmer ausquartiert worden war. Er hatte darauf bestanden, tagsüber nicht im Bett liegen zu wollen, und so musste er nun nicht jeden Morgen und Abend die steile Treppe hoch- und runtergeschleppt werden.

Als Semmel mit der toten Katze nach Hause kam und sich vor der Haustür hinabbeugte, um sie niederzulegen, als sei sie vielleicht von einem Auto angefahren worden und habe sich gerade noch so weit schleppen können, traf ihn etwas Hartes am Kopf. Er taumelte, ließ die Katze fallen und fiel vornüber auf sie. Gleich darauf ergoss sich eine stinkende Flüssigkeit über ihn. Im Rahmen der geöffneten Tür stand seine Mutter und hielt den Nachttopf seines Vaters in der Hand.

»Du Schwein«, sagte sie kalt. »Du gottverfluchter kleiner unnützer Saukerl! Der Teufel soll dich holen!« Dann drehte sie sich um und schlug ihm die Tür vor der Nase zu.

Er hätte versuchen können, auf dem gleichen Weg wieder in sein Zimmer zu kommen, auf dem er auch herausgekommen war, ließ es aber bleiben. Er ließ die Katze liegen, setzte sich auf der anderen Straßenseite in den Rinnstein und wartete.

Als es Tag wurde, öffnete seine Mutter kurz die Tür und holte die Katze herein. Wenig später kam sie wieder heraus und grub mühevoll, nur mit dem Spaten, ein kleines Loch in den schmalen Streifen festgestampften, steinigen Bodens zwischen Türschwelle und Bürgersteig. Als sie fertig war, holte sie etwas aus dem Haus, legte es hinein und machte das Loch wieder zu. Semmel hatte zwar nicht genau erkennen können, was es war, wusste aber, dass es der Schwanz des toten Rufus sein musste. Ein Katzenschwanz vor der Haustür eingegraben hielt Krankheiten fern.

Als sie fertig war, winkte sie ihn heran. »Ich weiß, dass du es nicht allein warst«, sagte sie. »Dieser Bessen-Taugenichts war dabei, nicht wahr? Er hat dich angestiftet, ich weiß es.«

Sie nahm ihn mit hinein. Im Flur hörte er seinen Vater durch die halb geöffnete Wohnzimmertür stöhnen. Sie gingen in die Küche. Auf dem Tisch lag, an einem dünnen Lederbändchen befestigt, ein kleines schwarzes Etwas, das Semmel erst auf den zweiten Blick als eine sorgsam präpa-

**16**

rierte Pfote der toten Katze ausmachen konnte. Semmel wandte sich ab.

»Schau her«, sagte sie. »Dieses Bändchen mit der Pfote wirst du deinem feinen Freund schenken. Du wirst es ihm eigenhändig um den Hals hängen und ihm sagen, es sei ein Glücksbringer, ähnlich wie eine Hasenpfote, nur mit viel stärkerer Wirkung. Hast du mich verstanden?«

Semmel nickte.

»Sag ihm auf keinen Fall, dass ich dir die Pfote gegeben habe!«


Samuel Hellwarth bekreuzigte sich, als er kurz am Grab seines Vaters stehenblieb. Für ihn hatte es noch zu einer ordentlichen Grabstätte gelangt. Samuel hatte sich oft gefragt, woher seine Mutter ihre Weisheiten bezogen hatte, die für ihren seltsamen Ruf in der kleinen Stadt verantwortlich gewesen waren. Ab und an waren Leute zu ihr gekommen, damit sie für sie betete oder ihnen oder ihren Tieren die Hand auflegte, aber die Zahl derer, die steif und fest behauptet hatten, sie stehe, ebenso wie der alte Hutwelker, mit dem Teufel im Bunde, hatte immer überwogen.


Zwei Tage später hatte er Tom Bessen das Band mit der Pfote gegeben.

»Na, du hast das Ding von deiner Mutter, was?«, sagte der spöttisch. »Sicher hat sie die Pfote verflucht und glaubt nun, mich damit ins Unglück zu stürzen, die alte Hexe. Und weißt du was? Ich werde das Halsband sogar tragen. Spätestens seitdem der Teufel nicht erschienen ist, glaube ich nämlich nicht mehr an so einen Quatsch. Und soll ich dir noch was sagen?« Seine Stimme nahm einen triumphierenden Ton an. »Ich habe überhaupt keine Warzen!«

»Wie .. wieso?«

»Es war nur so eine Art Test, das auf dem Friedhof.«

»Du hast gar nicht wirklich dran geglaubt, dass der Teufel kommt? Du hast Rufus nur wegen eines blöden Tests getötet?«

Bessen grinste verächtlich. »Ach, ihr Hellwarths seid doch einfach zu einfältig. Und deine Mutter ist tatsächlich eine alte Hexe, wie die Leute immer sagen. Aber ich hab keine Angst vor ihr. Der Hokuspokus wirkt nämlich nicht, wenn man nicht an ihn glaubt, sagt mein Religionslehrer. Jetzt weiß ich, dass er Recht hat. Und ich werd dir noch was sagen: Ich bin jetzt sogar fest überzeugt, dass die Pfote mir Glück bringt, nur weil ich es so will.«

Fünfundzwanzig Jahre später war Thomas Bessen der reichste Mann der Stadt und trug die Pfote immer noch am Hals. Er zeigte sie gerne in der Öffentlichkeit, wenn man ihn nach dem Geheimnis seines Erfolges fragte. Und er hatte sie auch Hellwarth noch einmal gezeigt, nachdem er ihm den Job auf dem Friedhof verschafft hatte, quasi als Dank für den »Glücksbringer«, den dieser ihm einst gegeben hatte.

Samuel Hellwarth spuckte aus. Dann öffnete er die Tür zum Schuppen und stellte Hacke und Schaufel in die Ecke zu den übrigen Gerätschaften. Auf der Schubkarre lag das schwere Brecheisen, mit dem er schon einmal, kurz vor der Beerdigung, in der Leichenhalle einen Sarg hatte öffnen müssen, weil der Tochter der Toten im letzten Augenblick eingefallen war, dass ihre Mutter ihr einen Diamantring versprochen hatte, den sie immer noch am Finger trug.

Hellwarth nahm das Brecheisen und wog es in der Hand. Dann spuckte er wieder aus. Allein schon der Gedanke, Bessen könnte glauben, er, Samuel Hellwarth, schulde ihm was, verursachte ihm einen schlechten Geschmack im Mund. Er legte das Brecheisen zurück auf die Schubkarre. Nichts schuldete er ihm, rein gar nichts. Im Gegenteil. Er würde die Sache richtigstellen.

Hellwarth schloss den Schuppen ab und ging in das kleine Wärterhäuschen. Dass er hier wohnen durfte, verdankte er nicht Bessen, sondern der Wiederbelebung einer alten Tradition. Es hatte früher immer einen Custos hier gegeben, der die Ruhe der Toten bewachte. Dann hatte das Häuschen neben der Friedhofspforte jedoch jahrzehntelang leergestanden, weil sich niemand mehr dazu bereitgefunden hatte, dort einzuziehen.

Auf einer Bürgerversammlung, bei der auch die jüngsten Grabschändungen durch betrunkene Jugendliche diskutiert worden waren, hatte Burger mehr im Scherz den Vorschlag gemacht, die Custos-Stelle wieder zu besetzen, und Bessen war sofort darauf angesprungen. Er hatte Hellwarth kurz zuvor unter den Zuhörern entdeckt und ihn für den Posten vorgeschlagen. Hellwarth ging zu allen Bürgerversammlungen, seit Thomas Bessen dort das große Wort führte. Er wartete auf eine Chance. Und hinter diesem wohl eigentlich nur als Demütigung gedachten Angebot hatte er eine Chance gewittert.

Hellwarth wärmte sich einen Eintopf auf, den er dann direkt aus der Dose löffelte. Das Bier, das er sich sonst sonntags gönnte, versagte er sich heute. Er musste nüchtern bleiben. Nach dem Essen legte er sich in Kleidern und Schuhen aufs Bett und schloss die Augen. Er hatte noch jede Menge Zeit, bis es so weit war, aber er schlief nicht, sondern grübelte, ob wohl tatsächlich alles glattgehen würde.

Wenn Bessen vielleicht gar nicht kam? Oder noch jemanden mitbrachte? Er lief ja meist mit einem Bodyguard durch die Gegend, denn er hatte nicht nur Freunde in der Stadt. Aber nein, die Blöße würde er sich wohl nicht geben. Das ließ sein Hochmut nicht zu. Wenn er überhaupt kommen würde, dann kam er auch allein. Und Hellwarth war sicher, dass er kommen würde. Aber vielleicht hatte er eine Waffe dabei. Vielleicht ahnte er ja, dass es Samuel nicht nur um einen simplen Erpressungsversuch ging, sondern dass es diesmal um alles ging, dass es ihm ans Leder gehen sollte.

Als es allmählich Zeit wurde, sich fertigzumachen, ging Samuel Hellwarth noch einmal in die Leichenhalle zum Sarg seiner Mutter und klopfte dreimal darauf. Es war eines der Rituale, denen er nicht allzuviel Bedeutung beimaß, weil sie durch ständigen Missbrauch praktisch entwertet waren. Heutzutage klopfte jeder Blödmann wegen jeder Kleinigkeit auf Holz und ärgerte sich dann, dass die erhoffte Wirkung ausblieb. Trotzdem war es ihm wichtig, noch einmal den Sarg zu berühren, bevor es losging.

Die Turmuhr schlug Mitternacht, als er an der frischausgehobenen Grube neben dem stinkenden Komposthaufen anlangte. Thomas Bessen wartete schon auf ihn. Er war allein.

»Da wären wir also wieder«, sagte er. »Lang, lang ist's her.«

Hellwarth schwieg.

»Was starrst du mich so feindselig an? Das war doch ein Scherz mit dem Brief oder? Ein Vorwand um mich hierher zu locken? Um der alten Zeiten willen, was!«

Hellwarth schwieg weiter.

Bessen runzelte die Stirn. »Du glaubst doch wohl nicht ernsthaft, mich damit erpressen zu können, dass ich vor mehr als zwanzig Jahren die Katze deiner Mutter getötet habe!«

Hellwarth zog die Brechstange aus dem Stiefelschaft, in den er sie hineingesteckt hatte, weil Bessen sie nicht sofort hatte sehen sollen. »Ich bring dich um!«

»Was?«

»Ich bring dich um!«

»Du bist verrückt, Semmel! Du mochtest deine Mutter nicht, und du mochtest auch damals die verdammte Katze nicht. Warum in drei Teufels Namen also willst du mich nun umbringen?«

»Du hast Recht«, sagte Hellwarth. »Ich mochte meine Mutter nicht, und ich mochte auch die Katze nicht. Aber dich mag ich noch viel weniger. Du mieses Schwein, du!«

»Immerhin waren wir mal so was wie Freunde.«

»Freunde? Ein Scheißdreck waren wir. Du hast dich doch immer nur lustig gemacht über mich und auf meine Kosten geglänzt. Neben ´nem Dummkopf wie mir, war das ja nicht schwer für dich. Aber auch ´n Dummkopf hat mal seinen großen Tag. Und der is heute.«

»Es wäre wirklich eine große Dummheit, wenn du mich umbringst, Semmel.« Bessen tat amüsiert. »Wie willst du es denn anstellen?«

»Ich werd dich hier im Grab meiner Mutter verscharren. Unter ihrem Sarg wird niemand nach dir suchen. Sie war´s, die mich auf die Idee gebracht hat. Kurz vor ihrem Tod, sagte sie noch, jetzt muss ich sterben und das Schwein, das meinen Rufus getötet, mich Zeit meines Lebens verhöhnt und auf meine alten Tage noch aus meiner Wohnung gejagt hat, lebt weiter. Aber ich versprech dir mein Sohn, ich werd ihm noch im Grab das Leben zur Hölle machen! Genau so hat se gesagt.«

»Sehr apart, ich muss schon sagen. Die Alte war wirklich noch verrückter als ich immer gedacht habe. Aber ich hätte nie vermutet, dass sie so einen Hass auf mich hatte. Nur wegen dieser blöden Katze!«

»Du hattst Recht damals«, sagte Hellwarth. »Sie hat die Pfote verflucht. Und dann hattst du die Frechheit, überall damit als Glücksbringer rumzuprotzen. Und dann noch das mit der Wohnung ...«

Bessen schüttelte den Kopf. »Man sollte es wirklich nicht glauben, aber in diesem Hinterwäldlerkaff regiert der Aberglaube fast noch wie im Mittelalter.« Er grinste. »Naja, immerhin habe mir das schließlich ja auch ein wenig zu Nutze gemacht. Es ist schon erstaunlich, wie sehr die Idee, die Pfote als Glücksbringer herumzuzeigen, zu meiner Popularität in diesem Nest hier beigetragen hat. Aber um so was zu verstehen, bist du ja zu blöd.«

Im nächsten Augenblick stürzte Hellwarth mit der Brechstange auf ihn los. Bessen wich aus. Der Schlag ging ins Leere, und die Wucht ließ Hellwarth taumeln. Bessen stellte ihm ein Bein. Hellwarth verlor die Brechstange, die mit einem dumpfen Ton ins Grab fiel. Er selbst landete auf der ausgehobenen Erde daneben.

Bessen kicherte. »Semmel, Semmel, du warst schon immer so dumm wie ein Brot.«

Hellwarth rappelte sich auf. Mit bloßen Händen ging er erneut auf Bessen los und fuhr ihm an die Kehle. Eine Weile rangen sie verbissen und bewegten sich dabei wie in einem stummen, geisterhaften Tanz um das Grab. Dann verlor Bessen plötzlich den Halt auf dem frisch ausgehobenen Erdhügel. Er rutschte ab, taumelte und drohte ins Grab zu fallen. Hellwarth, der ihn immer noch an der Kehle gepackt hielt, merkte es und ließ los. Bessen klammerte dafür um so fester. Einen Augenblick sah es aus, als sollten beide hineinfallen. Dann stürzte nur Hellwarth, von Bessens Schwung getragen, an diesem vorbei in die Grube, während Bessen sich noch rechtzeitig gelöst hatte.

Es gab ein ähnlich dumpfes Geräusch wie beim Fall des Brecheisens, nur ungleich lauter.

»Armer Irrer!« sagte Bessen und warf seinem Kontrahenten eine Handvoll Erde hinterher. »Aus dem Verkehr ziehen sollte man dich. Ich werde dafür sorgen, dass man dich einsperrt.« Ohne auch nur noch einen Blick ins Grab zu werfen, drehte er sich auf dem Absatz um und ging davon.

Am nächsten Tag fand man die Leiche Samuel Hellwarths im Grab seiner Mutter. Er war so unglücklich gestürzt, dass er sich das Genick gebrochen hatte. Unter der Leiche lag ein Brecheisen. Mit seiner rechten Hand hielt er das allseits bekannte Lederbändchen mit der Katzenpfote umklammert. Thomas Bessen wurde wegen des dringenden Verdachts auf Totschlag an seinem einstigen Schulfreund festgenommen.

In der U-Haft geriet er beim Hofgang mit einem älteren Mithäftling aneinander. Der Mann war ein Gewohnheitsverbrecher und fackelte nicht lange. Er schnitt Bessen mit einer Spiegelscherbe die Kehle durch. Der Mann hieß Rufus Hutwelker.

# Unrecht Gut ...

Das Kloster hatte sich ganz schön herausgemacht, seitdem Georg Paulmann das letzte Mal hier gewesen war. Mehr als zwanzig Jahre war das jetzt schon her.

Damals hatte alles reichlich heruntergekommen gewirkt und der Zahn der Zeit sichtlich an den Gebäuden genagt, seit den Tagen, da der heilige Leonhard mit seinem Wanderstab in der Erde hängen geblieben war und dabei eine Quelle entdeckt hatte, mit deren Wasser man angeblich allerlei Viehseuchen kurieren konnte. Zu dem Kuhkaff, aus dem Paulmann stammte, passte es, die jährliche Wallfahrt ausgerechnet hierher zu veranstalten.

In neuerer Zeit waren Wunder an wahnsinnigen Rindviechern und verpesteten Schweinen zwar gefragt, trotzdem staunte Paulmann, wo der Wohlstand des Klosters wohl herrühren mochte. Das Gerücht, das Wasser schaffe auch Abhilfe bei menschlichen Potenzbeschwerden und wirke fast so gut wie Viagra, wurde von Abt Reginald in den Medien immer wieder voller Entrüstung höchst werbewirksam dementiert, dennoch bezweifelte Paulmann, ob dies allein schon für das erstaunliche Aufblühen des Klosters verantwortlich sein konnte. Seiner Erfahrung nach folgten Wallfahrer, so wie andere Menschen, auch dem Herdentrieb und pilgerten lieber zu den Wundern von Fatima und Lourdes als zum Kloster von St. Leonhard, wo sich Fuchs und Hase Gute Nacht sagten und es außer einem mickrigen Devotionalienlädchen und einem in einfachstem Brauhausstil gehaltenen Gasthaus rein gar nichts gab.

Fakt war dennoch, dass die Kirche einen frischen Anstrich hatte, die Wirtschaftsgebäude saniert und erweitert worden waren und eine neue Pilgerhalle samt Beichtkapelle an die

Kirche angebaut worden waren. Auch die Gartenanlagen waren in außerordentlich gutem Zustand und wirkten sehr gepflegt, obwohl nur noch wenige Brüder im Kloster lebten und arbeiteten.

Paulmann verließ die Pilgerhalle, wo gerade das Hochamt stattfand, und steuerte auf die Beichtkapelle zu. Wenn es hochkam, bestanden die drei anwesenden Pilgergruppen zusammengenommen aus vielleicht 400 Menschen.

Damals, vor 20 Jahren, waren es sicher annähernd 3 000 Menschen gewesen, deren Kollekte er sich unter den Nagel gerissen hatte. Ein stattliches Sümmchen von exakt 17 267,43 DM. Wallfahrer waren nicht knauserig. Viele größere Scheine waren dabei gewesen, kaum einmal Groschen oder Fünfpfennigstücke. Die drei Pfennige waren von einem alten abgehärmten Mütterchen gewesen. An ihrem fleckigen, schwarzen Wintermantel, der bei den hochsommerlichen Temperaturen viel zu warm war, hatten zwei Knöpfe gefehlt. Als er beobachtete, wie sie die Münzen verschämt in das runde Bastkörbchen fallen ließ, hatte Paulmann noch nicht einmal im Traum daran gedacht, die Kollekte zu stehlen.

Da die Pilgerhalle damals noch nicht stand, war das Hochamt wegen des ungewöhnlich großen Andrangs im Freien abgehalten worden. Paulmann war Ministrant, der mit Abstand größte und älteste unter einer Gruppe von insgesamt 32 Ministranten, die mit den verschiedenen Pilgergruppen gekommen waren. Er kannte sich aus, denn er war nicht das erste Mal mit dabei in St. Leonhard.

Die große Sommerwallfahrt war der Höhepunkt jeden Kirchenjahres und eine der wenigen Gelegenheiten, einmal weiter als nur bis in die Kreisstadt, wo er das Gymnasium besuchte, aus seinem Kuhdorf herauszukommen. In St. Leonhard war es zwar kaum weniger trostlos, aber die Busfahrt, während der er mit den anderen Ministranten heimlich Siebzehn und Vier spielte und ihnen dabei ihr Taschengeld abluchste, und die Zwischenstopps, bei denen es ihnen manchmal gelang hinter den Zeitschriftenständern an den Autobahnraststätten unbemerkt in unanständigen Magazinen zu blättern, boten wenigstens ein bisschen Abwechslung.

Paulmann wusste, dass es seine letzte Wallfahrt als Ministrant war. Nach dem Abitur begann endgültig der »Ernst des Lebens«, wie sein Vater ihm immer wieder vor Augen hielt.

»Dann ist es endgültig vorbei mit solchen Kindereien. Dann wird gearbeitet. Ein Studium können wir uns nicht mehr leisten.«

Paulmann war der Beste in seiner Klasse. Aber um ein Stipendium zu betteln, kam für seinen Vater nicht in Frage. Stur beharrte er auf seinem merkwürdigen Ehrenkodex.

»Wir brauchen keine Almosen. Von niemandem. Bevor es soweit kommt, dass wir jemanden anbetteln müssen, überfalle ich lieber eine Bank!«

Paulmann wusste, dass dies kein leeres Gerede war. Nach ein paar Bieren kam bei seinem Vater immer wieder der Stolz auf die Familientradition durch. Angeblich waren unter ihren Vorfahren ein paar berüchtigte Raubritter gewesen. Fakt war jedenfalls, dass sowohl der Großvater als auch der Urgroßvater wegen Wilddiebereien eingesessen hatten und im elterlichen Schlafzimmer hinter dem Schrank ein längliches Futteral stand. Auch ohne dass der Vater es einmal in seiner Gegenwart ausgepackt hatte, wusste Paulmann, was es enthielt und dass es besser dort blieb, wo es war.

Seine Neugier und sein jugendlicher Sinn für Abenteuer endeten normalerweise genau dort, wo der Ernst blutig zu werden drohte. Eine alleinige Erblast von Seiten der Mutter, wie der Vater immer wieder betonte.

»Mit deinem Betschwesterntum verzärtelst du den Jungen noch total. Als ich so alt war wie er, bin ich lieber in den Wald als in die Kirche gerannt!«

Dann schüttelte die Mutter milde den Kopf und verwies auf die guten Schulnoten, die nicht zuletzt auf die kostenlosen Nachhilfestunden beim Mesner zurückzuführen waren. Der Mesner hatte einen Sohn, der mit Paulmann in die gleiche Klasse ging. Er hieß Hubert, war zwei Jahr älter, gut einen Kopf größer und ein gutes Stück dümmer als Paulmann. Letzteres hoffte sein Vater zu beheben, indem er die beiden Jungen gemeinsam bei ihren Hausaufgaben betreute. Er versprach sich davon zusätzliche Motivation für seinen Spross.

Der Mesner war der einzige gewesen, der jemals Verdacht geschöpft hatte. Zwar hatte auch er keinen blassen Schimmer, wie Paulmann es angestellt hatte, das Säckchen mit der Kollekte zu stehlen, es unbemerkt aus der Sakristei zu schaffen und dann auch noch im Bus mit nach Hause zu schmuggeln, aber die Geschichte mit dem Lottogewinn hatte er ihm nicht abgenommen.

Paulmann vergaß nie den Blick, mit dem er ihn maß, als er ihm von seinem Glück erzählte. »Ich gönn es dir ja von Herzen, dass du studieren kannst, Georg«, hatte er gesagt. »Aber eines solltest du wissen: Unrecht Gut gedeihet nicht! Mir geht da etwas durch den Kopf, über das ich wohl gerne mal mit deiner Mutter reden würde ...«

Paulmann hatte aufgeatmet. Bei all ihrer Gottesfürchtigkeit besaß seine Mutter doch ein einzigartiges Talent dafür, bestimmte Ungereimtheiten geflissentlich zu verdrängen. Das funktionierte bei so manchem Sonntagsbraten, den der Vater mit nach Hause brachte, und es hatte auch bei dem unverhofften Geldsegen funktioniert. Obwohl im Hause

Paulmann niemals ein Lottoschein gesichtet worden war, hinterfragten die Eltern nicht, woher Georg das Geld hatte.

»Mach damit was du willst«, hatte sein Vater lediglich gesagt. »Ich weiß von nichts und ich will auch nichts davon wissen. Du bist alt genug, um selbst für dein Tun gerade zu stehen.«

Das Geld hatte nicht ganz gereicht für das Jura-Studium. Paulmann hatte sich noch einiges dazuverdienen müssen, aber er wusste, dass er es ohne die Kollekte niemals gewagt hätte, überhaupt anzufangen.

Damals hatte er sich geschworen, alles zurückzuzahlen, wenn er erst einmal aus dem Gröbsten heraus war, mit Zins und Zinseszins. Aber dann war es ganz anders gekommen.

Paulmann betrat die Beichtkapelle. Bis auf ein buckliges altes Männchen, das offenbar bei seinen Bußübungen eingenickt war, war die Kapelle leer. Die Pilger waren alle beim Hochamt. Darauf hatte er gehofft.

Er bereute es ohnehin schon, dass er das Martyrium der Busfahrt auf sich genommen hatte. Sein nach Silage muffelnder Nebenmann hatte mit seinem Geschwätz in den Gebetspausen Paulmann sogar das monotone Murmeln des nächsten Rosenkranzes herbeisehnen lassen. In einer Warteschlange vor den Beichtstühlen zu stehen, das musste er nun nicht auch noch haben.

Paulmann wollte schon wahllos eine der Klingeln benutzen, mit denen man sich seinen Beichtvater herbeiläuten konnte, als ein graubärtiger Mönch durch die Verbindungstür zur Pilgerhalle kam. Er musste wohl zufällig durch die Verglasung gesehen haben, wie Paulmann die Beichtkapelle betreten hatte.

Wortlos nickte er ihm zu und verschwand dann in einem der Beichtstühle, an deren Türen mit kleinen, leicht austauschbaren Schildchen die Namen der jeweiligen Mönche angebracht waren. Als Paulmann den Namen las, wusste er, warum ihm das Gesicht des Mannes so bekannt vorgekommen war.

Bei seinen Dementis im Fernsehen hatte Abt Reginald allerdings wesentlich vorteilhafter gewirkt. Da konnte man einmal sehen, was ein guter Maskenbildner wert war. Angesichts seiner Besorgnis erregenden Blässe und der tiefen Falten auf der Stirn, fragte sich Paulmann, warum der Abt, wenn er doch offensichtlich sogar schon zu kränklich war, um das Hochamt selbst zu zelebrieren, ihm nun hier die Beichte abnahm.

Na ja, ihm sollte es recht sein. Vielleicht erleichterte es die Sache, wenn sein Beichtvater nicht nur irgendein kleines Mönchlein war, das sich womöglich direkt in die Hosen machte.

»Na, kommen Sie schon«, unterbrach Abt Reginald, »wie haben Sie es damals denn nun eigentlich angestellt? Das möchte ich doch noch wissen.«

Die selbst im Dunkeln durch das Gitter des Beichtstuhls spürbare Ungeduld Paulmanns ließ ihn kalt. Wie viele Jahre hatte der Abt auf diesen Augenblick gewartet! Und er war ganz sicher gewesen, dass er eines Tages kommen würde.

Sofort als Paulmann aus dem Bus gestiegen war, hatte er ihn erkannt. Auch wenn es ihm mittlerweile über die Jahre schon zur Routine geworden war, die Ankunft der Reichensteiner Pilgergruppe zu beobachten, hatte seine Aufmerksamkeit doch nicht darunter gelitten.

Es war zwar nicht unbedingt damit zu rechnen gewesen, dass der große Paulmann zusammen mit dem gemeinen Volk anreiste, aber dass er am Jahrestag seines Verbrechens wiederkehren würde, dessen war sich Abt Reginald sicher gewesen. Wie jedes Jahr hatte er am Fenster seines Büros gestanden und den Parkplatz beobachtet.

Er hatte ihn zwar nur zweimal wirklich gesehen und das letzte Mal lag schon über fünfzehn Jahre zurück, aber Paulmanns Bild war oft genug in den Zeitungen. Es war nicht schwer gewesen, ihn zu erkennen. Und er hatte ihn fortan nicht mehr aus den Augen gelassen.

Unter dem Vorwand, seine Migräne plage ihn wieder einmal ganz unerträglich, hatte er alle seine Aufgaben auf Bruder Johannes abgewälzt, sich unter der Kapuze seiner Kutte versteckt und war Paulmann unauffällig gefolgt.

»Also«, wollte er wissen, »wie war das denn damals?«

»Ach, das war einfach nur unverschämtes Glück. Mit so einer Dreistigkeit hatte wohl niemand gerechnet. Und dann in dem Getümmel … Aber das spielt doch jetzt auch gar keine Rolle mehr.« Paulmann klang genervt. »Viel wichtiger ist doch …«

»Wie haben Sie das mit dem Geld Ihren Eltern erklärt?«

»Hören Sie, Vater, wie wäre es, wenn Sie mich einmal ausreden ließen? Diese ganze vermaledeite Diebstahlgeschichte ist nämlich jetzt im Grunde völlig belanglos!«

Alles was recht war, mangelndes Selbstbewusstsein durfte man wohl bei einem so bekannten Anwalt nicht unbedingt erwarten, aber mit ein wenig mehr Selbstzerknirschung hatte Abt Reginald schon gerechnet. Oder war er am Ende vielleicht gar nicht gekommen, weil er seine Tat bereute, sondern aus einem ganz anderen Grund? Dem Mönch wurde es plötzlich zu heiß in seiner Kutte. Die Enge des Beichtstuhls erdrückte ihn fast.

»Vater, ich bin erpresst worden.«

Abt Reginald hielt den Atem an.

»Es ging über Jahre. Die ersten Briefe kamen, nachdem sich bei mir der Erfolg eingestellt hatte. Zunächst waren es nur kleine Summen, die ich leicht verschmerzen konnte. Dann wurde es allmählich mehr. Der Erpresser wusste offenbar immer ziemlich genau, wie weit er gerade gehen durfte, um den Bogen nicht zu überspannen. Nun ist es aber doch passiert!«

Der Abt rührte sich nicht.

»Mir ist einfach der Kragen geplatzt! Es ging nicht mehr so weiter. Ich hatte von Anfang an einen starken Verdacht. Der Erpresser musste jemand sein, der meine Karriere von Beginn an mitverfolgt und sich dann einfach an meinen Erfolg drangehängt hat. Er hat es erstaunlich geschickt angestellt. Ich war mir nie ganz sicher, und nur auf einen Verdacht hin, war es mir zu riskant, etwas gegen ihn zu unternehmen. Aber dann wusste ich plötzlich Bescheid.«

Der Abt schnappte nach Luft.

»Letzte Woche. Nachdem er mich diesmal ganz offen um Geld angegangen hat.«

»Wer?«

»Hubert, ein Schulkamerad von mir. Ich habe ihn getötet.«

»Waaas...? Aber...«

»Vater, ich versichere Ihnen, es war ein Unfall. Ich wollte ihn eigentlich nur einschüchtern, ihm mal ein bisschen Respekt beibringen, damit er sieht, mit wem er es zu tun hat, dass meine Geduld zu Ende ist und Georg Paulmann nicht so mit sich umspringen lässt. Aber dann ist er beim Anblick der Flinte gleich ganz panisch geworden und hat sich auf mich gestürzt und... Ich schwöre Ihnen, Vater, ich wollte ihn nicht umbringen.«

»Aber woher wussten Sie denn überhaupt, dass er ...?«

»Er wollte Hunderttausend. Geborgt, wie er sich ausdrückte! Als wenn er jemals eine solche Summe hätte zurückzahlen können. Sein Vater muss ihm das von der Kollekte erzählt haben. Hubert war viel zu blöd, um selbst auf so was zu kommen.«

Nunquam ubi diu fuit ignis, defecit vapor, dachte Abt Reginald und seufzte tief. Wo gehobelt wird, fallen auch Späne. Die Investition in die Zukunft, die er einst gewagt hatte, nachdem der Reichensteiner Mesner sich vor mehr als zwanzig Jahren vertrauensvoll an ihn gewandt hatte, war prächtig gediehen und hatte Früchte getragen. Der gute Mann wollte seinen begabten Schüler nicht auf einen bloßen Verdacht hin bei der Polizei anschwärzen, und Abt Reginald hatte ihm versprochen, sich der Sache anzunehmen.

Das hatte er auch getan. Georg Paulmann hatte seine Schuld abbezahlt. Mit Zins und Zinseszins. Abt Reginald hatte nur noch darauf gewartet, dass er endlich als reuiger Sünder bei ihm auftauchen und sein Vergehen beichten würde. Dann wollte er ihn nicht mehr weiter behelligen.

»Mein Sohn«, flüsterte er nun durch das Gitter, »du hast wahrlich schwere Schuld auf dich geladen. Zwar hast du für den Diebstahl der Kollekte im Grunde ja schon gebüßt, und ich will dir sogar glauben, dass der Tod deines Schulfreunds ein Unfall war, trotzdem erwarte ich von dir, dass du dich der Polizei stellst.«

Noch lange, nachdem er Paulmann mit einer strengen Buße entlassen hatte, war Abt Reginald unfähig, seinen Platz zu verlassen. Nie hätte er sich träumen lassen, dass die schwerste Beichte seines Lebens nicht die eigene sein würde.

# Schwarzer Peter

Kennen Sie »Schwarzer Peter«? »Kinderkram!«, werden Sie vielleicht sagen, wenn Sie das Kartenspiel ebenso wie ich als kleiner Pimpf gespielt haben. Zugegeben, es ist ziemlich primitiv, eine simple Variante des Quartettspiels, bei der es darum geht, passende Kartenpärchen zu sammeln und abzulegen. Am Ende verliert derjenige, der den »Schwarzen Peter« auf der Hand hält. Er bekommt mit einem angebrannten Korkstück das Gesicht geschwärzt.

Ich wurde als Kind nur selten verkohlt, weil ich es immer sehr gut verstand, mit Unschuldsmiene meinen Mitspielern den »Schwarzen Peter« zuzuschieben. Mittlerweile habe ich nicht nur meine Unschuld verloren und den »Schwarzen Peter« auf der Hand, sondern, offen gestanden, auch nicht die geringste Ahnung, wie ich ihn wieder loswerden soll. Seit vorgestern bin ich hier in Burgen, eigentlich um eine Story über die Bader-Meinhof-Bande zu recherchieren, aber seit einigen Minuten ist mir klar, dass daraus wohl nichts mehr wird.

Burgen ist ein kleiner Weinort zwischen Koblenz und Cochem, und ich hatte gehört, dass die Rädelsführer der Bande in den siebziger Jahren für einige Wochen in der Schmause-Mühle, einem beliebten Ausflugslokal etwas außerhalb des Orts, Unterschlupf gesucht hatten. Das Moseltal ist ein idyllisches Fleckchen Erde, das Wetter war fantastisch, ich hatte mir das ganze Jahr noch keinen Urlaub gegönnt, also beschloss ich, das Nützliche mit dem Angenehmen zu verbinden und quartierte mich für ein langes Wochenende in der Schmause-Mühle ein.

Ich bin nicht abergläubisch, aber im Nachhinein passt es ins Bild, dass ich ausgerechnet am Freitag, den 13. hier ankam. Es war spät, nach der langen Autofahrt nahm ich nur einen schnellen Imbiss, bestehend aus geräucherter Forelle und einem kleinen Salat, im Biergarten und setzte mich dann noch zu einem Schoppen Wein drinnen an die Theke, in der Hoffnung, dem Wirt vielleicht etwas über die alten Zeiten, insbesondere aber die unliebsamen Logiergäste von einst entlocken zu können. Wie sich schnell herausstellte, hatte er das Lokal erst vor Kurzem übernommen und war nicht sonderlich an den alten Geschichten interessiert. Er bestätigte lediglich das Gerücht über die Terroristen und ließ sich anerkennend über die Cleverness seiner Vorbesitzerin, der »Schmause-Marie«, aus, die, um Unheil von sich und ihren Gästen abzuwenden, die Anwesenheit der Terroristen erst gemeldet hatte, nachdem diese längst wieder abgezogen waren.

»So war´s doch hier damals auch mit dem Schinderhannes«, meinte der Dicke, der neben mir saß und lieber Pils statt Wein in sich hineinkippte. »Den hat die Bevölkerung auch nur deshalb nicht verpfiffen, weil sie alle Angst um ihre eigene Haut hatten. Und später wurde dann die Legende draus gestrickt, dass er gegen die Franzosen und die Reichen kämpfte, und sie haben ihn zum deutschen Robin Hood gemacht.«

Irgendetwas schien mir mit seinem Vergleich nicht ganz zu stimmen. »Schinderhannes, war das nicht dieser Räuber, den Curd Jürgens damals im Film gespielt hat?«, wollte ich wissen.

»Richtig. Und der hat grad hier in der Gegend sein Unwesen getrieben. Und zwar nicht zu knapp.«

»Hier in der Mühle war er auch«, schaltete sich der Wirt noch einmal ein, zauberte aus einer Schublade die Kopie eines Zeitungsausschnitts hervor und pappte ihn vor mir auf

36

den Tresen. »Können Sie behalten, Sie scheinen ja ganz wild auf solche Räuberpistolen zu sein.«

Damit war das Thema für ihn auch erledigt. Er wandte sich einem älteren Pärchen an der anderen Ecke der Theke zu. Die beiden waren offenbar Stammgäste.

»Als Schinderhannes den Schwarzen Peter in die Flucht trieb«, las ich die fette Schlagzeile, und gleich darunter halbfett: »Vor 200 Jahren soll der berüchtigte Räuberhauptmann in der Schmause-Mühle in Burgen der Gräfin von Manderscheid das Leben gerettet haben.«

Der Artikel war der Rhein-Zeitung entnommen. Ein Foto zeigte die Schmause-Mühle, weshalb der Wirt sich wohl, trotz seiner Abneigung gegen »Räuberpistolen«, dazu entschlossen hatte, den Ausschnitt zu kopieren, um ihn dann bei Gelegenheit werbewirksam unters Volk bringen zu können.

Der Bericht erzählte ausführlich vom Überfall des Burgener Räubers Peter Petri, genannt der »Schwarze Peter«, auf die Gräfin Erika von Manderscheid. Diese war auf ihrer Flucht vor dem anrückenden Franzosenheer in der Schmause-Mühle abgestiegen. Petri gehörte zur Bande des Schinderhannes, hatte schon mehrere Morde auf dem Gewissen und war berüchtigt für seine Brutalität. Auch gegen die Gräfin hatte er das Messer schon gezückt, als ihm im letzten Augenblick der Schinderhannes in den Arm fiel. Während seiner Streifzüge durch Hunsrück und Eifel hatte Johann Bückler, so sein bürgerlicher Name, einst in Manderscheid bei der Gräfin Unterschlupf gefunden. Nun nützte er die Gelegenheit, sich zu revanchieren. Wie die Geschichte weiterging, war dem Artikel leider nicht mehr zu entnehmen.

»Es heißt, die Gräfin hat dem Schinderhannes aus Dankbarkeit ihren Schmuck geschenkt«, sagte der Dicke.

»Und der Schwarze Peter?«, fragte ich.

»Den hat der Hannes wohl ordentlich zur Sau gemacht. Was die beiden dann aber offenbar nicht davon abgehalten hat, auch weiterhin zusammen zu rauben und zu morden.«

»Seltsam«, sagte ich.

Der Dicke zuckte die Achseln. »Pack schlägt sich, Pack verträgt sich. Aber schauen Sie sich doch mal die Schinderhanneshöhle an, wenn's Sie interessiert. Ist ein netter kleiner Spaziergang.«

Er beschrieb mir den Weg und ging dann dazu über, sich ausführlich über die Schönheiten des Baybachtals und der Moselhöhen auszulassen. Meine Versuche, noch etwas über die Terroristen in Erfahrung zu bringen, blieben erfolglos.

Ein wenig verdrossen ging ich ins Bett, schlief wegen der Hitze und dem ungewohnten Murmeln des Baches unter meinem Zimmerfenster mehr schlecht als recht und beschloss am nächsten Morgen beim Frühstück, tatsächlich erst einmal eine kleine Wanderung durchs Baybachtal zu unternehmen und dann hinauf auf die Höhe zur Schinderhanneshöhle zu steigen, um mir dabei vielleicht die nötige Inspiration für mein weiteres Vorgehen zu holen.

Der schattige Weg am Bach entlang hielt, was der Dicke versprochen hatte, eine Labsal für Körper und Seele, der anschließende Aufstieg zur Höhle durch die brütende Hitze wurde dagegen zur Qual. Dankbar registrierte ich oben das Schild zwischen den Bäumen, das die letzten 100 m anzeigte.

Auf einer Bank unweit davon saß ein Mann. Trotz der Hitze trug er einen schwarzen Anzug mit dazu passender Weste, weißem Hemd und einer schwarzen Krawatte. Im Gegensatz zu seinem abgetragenen Anzug und dem speckigen Hemdkragen sah die Krawatte aus wie neu.

Ich schwitzte wie ein Schwein, aber ihm schien die Hitze nichts auszumachen. Ich schätzte ihn auf Ende sechzig. Als ich näher kam, lüpfte er theatralisch den schwarzen Filzhut. Auf seinem kahlen Schädel glitzerte nicht einmal die Spur eines Schweißtröpfchens.

»Na also, dachte schon, es kommt am Ende gar keiner mehr«, empfing er mich »Setz dich ruhig erst mal hin, sonst gibst du den Löffel am Ende noch vor mir ab. Siehst jedenfalls ganz schön mitgenommen aus.«

Trotz seiner Aufmachung und der seltsamen Ansprache wirkte er harmlos. Ich machte den Fehler und setzte mich.

»Du bist also tatsächlich wegen der alten Geschichte mit Gräfin Erika gekommen?«, fragte er.

Ich musterte ihn erstaunt. Dass er mich duzte, fand ich nicht weiter verwunderlich. Auf dem Land, wo immer noch fast jeder jeden kennt, ist das durchaus üblich. Zudem war ich beträchtlich jünger als er. Aber woher wusste er von der Geschichte mit der Gräfin? Ich hatte ihn am Vorabend gar nicht in der Schmause-Mühle gesehen. Achselzuckend schob ich es auf die drei Schoppen, die es schließlich geworden waren.

»Freilich, sagte ich, »die Geschichte interessiert mich sehr.« Und weil er ein rechter Kauz zu sein schien und ich mir einen Spaß machen wollte, fügte ich noch hinzu: »Sollte mich auch nicht wundern, wenn hier in der Nähe der Höhle noch ein Schatz vergraben läge.«

Er sah mich seltsam von der Seite an. »Scheinst deine Hausaufgaben ja gemacht zu haben«, brummte er säuerlich.

Ich hatte keine Ahnung, worauf das Ganze hinauslaufen sollte, nickte aber bedeutungsvoll, um das Spielchen noch ein wenig fortzusetzen.

»Die klugen Herren!« Er schüttelte den Kopf. »Ausgerechnet haben sie, wie viel der Hannes damals alles in allem wohl erbeutet haben mag. Knapp 30 000 Gulden sollen es gewesen sein. Irgendwo habe ich sogar gelesen, dass das rund das Sechsfache von dem war, was der letzte Kurfürst von Mainz bei seinem Ableben hinterlassen hat. Und das soll der Hannes alles verprasst haben!« Er lachte. »Wie denn? Wo denn? Hier vielleicht?« Er breitete die Arme aus. »Mehr als fressen und saufen konnte er auch nicht. Und was er sonst noch haben wollte, das hat er sich genommen. Und sein Julchen, sollte er die denn vielleicht wie einen Christbaum mit Schmuck behängen, nur um sie dann hinterher so durch die Wälder mitzuschleppen?«

Er sah mich erwartungsvoll an. Ich schenkte ihm ein Grinsen und schüttelte den Kopf.

Er nickte. »Ja, der Hannes war nicht so dumm«, fuhr er fort. »Mit dem Schwarzpeter lag die Sache da schon etwas anders. Der hatte eine riesige Nachkommenschaft, die dafür gesorgt hat, dass nicht allzu viel von seinen Raubzügen übrig geblieben ist. Aber das weißt du ja viel besser als ich.«

»Ich? Wieso ich?«

Er winkte ab. »Brauchst dich nicht zu verstellen. Ich weiß Bescheid. Es wäre allerdings nett von dir, wenn du mir noch ein paar Minuten Zeit lassen könntest, bevor wir gehen.«

»Sind Sie sicher, dass Sie mich nicht mit jemandem verwechseln?« Langsam wurde es mir doch ein wenig unheimlich mit ihm.

Er schüttelte den Kopf, winkte wieder ab.

»Also«, sagte ich, »ich wollte ja sowieso noch runter zur Höhle.«

Er runzelte die Stirn, sah mich erstaunt an. Dann seufzte er.

»Ja, geh ruhig runter. Schließlich bin ich ein alter Mann und werde dir nicht so schnell weglaufen. Wo sollte ich auch hin.«

Das konnte ich ihm allerdings auch nicht beantworten, mich beschlich nur allmählich das Gefühl, dass er besser wirklich nicht mehr ganz mutterseelenallein durch die Landschaft stiefeln sollte.

Ich stand auf, nickte ihm kurz zu und ging dann den abschüssigen, nur notdürftig gesicherten Pfad hinunter zur Höhle. Ein Schild warnte davor, sie zu betreten, aber auch von außen war schon alles zu sehen. Es handelte sich lediglich um eine tiefe Einbuchtung zwischen den Felsen, die aussah, als sei sie von Menschenhand ein wenig erweitert worden. Ich konnte mir kaum vorstellen, dass der kleine Hohlraum tatsächlich einer Räuberbande als Unterschlupf gedient haben sollte.

Ein wenig enttäuscht ging ich zurück zur Bank. Der alte Kauz war verschwunden. Offenbar hatte er doch nicht auf mich warten wollen. Oder er hatte mich schon wieder vergessen.

Da blitzte etwas auf in der Sonne. Auf der Bank lag eine Halskette, silbrig glänzend mit eingearbeiteten, blau schimmernden Steinen. Ich verstand mich nicht besonders auf Schmuck, aber das Ding sah verteufelt echt aus. Es musste dem Alten aus der Hosentasche gerutscht sein, ohne dass er es gemerkt hatte. Vielleicht hatte er in seinem Sonntagsstaat ja auf eine Dame gewartet, der er das Schmuckstück verehren wollte. Eine Dame im kleinen Schwarzen und ähnlich senil wie er.

Ich nahm die Kette, wog sie einen Augenblick in der Hand, dann steckte ich sie ein. Sicher würde ich den Alten unterwegs einholen. Wenn nicht, konnte ich mich immer noch im Dorf nach ihm erkundigen.

Ich holte ihn nicht ein, und im Ort war auch niemand auf der Straße zu sehen. Bei der Gluthitze saß man entweder in einem kühlen Weinkeller oder man lag unter einem Sonnenschirm auf den Liegewiesen an der Mosel.

Erst bei der leicht futuristisch anmutenden Touristeninfo traf ich einen alten Mann in oranger Sicherheitsweste, mit einem Strohhut im Tropenhelmstil auf dem Kopf. Er schien eine Art Gemeindediener zu sein, denn er führte ein Handwägelchen mit sich, auf dem er nebst eines großen Wasserbehälters und zweier Blumenkübel auch noch diverse Gartengeräte und eine Gießkanne mitführte.

»Klingt fast nach dem Verrückten, der damals hier aufgetaucht ist, nachdem sie das Skelett auf der Wasserleitung gefunden haben«, sagte er auf meine Frage nach dem Alten im schwarzen Anzug. »Ich dachte, der sitzt immer noch in der Klapsmühle in Andernach.«

»Aja«, sagte ich und wischte mir den Schweiß ab. »Das Skelett auf der Wasserleitung…« Wenn das so weiterging, wurde ich langsam selbst reif für die Klapse.

»Ja«, sagte der Mann mit dem Tropenhelm. »Vor zwei Jahren wurde die Kanalisation vor der Kirche neu verlegt. Dabei kam ein Gerippe zum Vorschein, das auf den alten Rohren lag.«

»Na und«, sagte ich, »ist doch gar nicht so ungewöhnlich. Früher lagen die Friedhöfe alle in der Nähe der Kirche.«

Er nickte. »Die alten Rohre waren aber auch erst von 1966. Damals hatte man den Friedhof schon längst verlegt.«

Ich stand wohl auf der Leitung.

»Das Skelett lag auf den alten Rohren«, sagte der Mann. »In einer Tiefe von knapp 1,30 m.«

Ich pfiff durch die Zähne. »Und dann?«

»Und dann kam dieser Verrückte und hat behauptet, die Knochen, die wären von seinem Papa, denn der sei schon seit 1966 spurlos verschwunden.«

»Ach!«

»Die Kripo hat den Fall untersucht. Es gab aber keine Anhaltspunkte für seine Behauptung. Man hat dann auch noch Knochen von anderen Skeletten gefunden und sich schließlich mit der Vermutung zufrieden gegeben, dass der Polier, der 1966, die Arbeiten geleitet hat, einen Baustopp verhindern wollte und die Knochen, die man gefunden hatte, einfach achtlos wieder zurück in die Baugrube hat werfen lassen.«

»Aber der Alte hat sich damit nicht zufrieden gegeben?«

»Nein, ganz und gar nicht. Er fing sogar an, was von einer Verschwörung zu faseln. Ungereimtes Zeug vom Schinderhannes und dem Schwarzen Peter und seinen Nachkommen, die immer noch hier in Burgen leben und auf Rache sinnen würden.«

»Wissen Sie vielleicht noch, wie der Mann hieß?«

»Nee. Hat mich auch nicht sonderlich interessiert damals. Für so einen Blödsinn hab ich keine Zeit.«

Und damit ließ er mich auch schon stehen. Der Mann war sicher weit über siebzig, hatte aber wohl in der Tat viel zu tun, wenn er sogar in dieser Hitze noch schuftete.

Ich ging zurück Richtung Schmause-Mühle, um mir erst einmal eine kalte Dusche zu gönnen, bevor ich weiter nach dem verrückten Alten im schwarzen Anzug suchte. Unter einem Sonnenschirm im Biergarten saß der dicke Pilstrinker vom Vorabend, schlürfte genüsslich ein Weißbier und winkte mir zu. Ich setzte mich zu ihm.

»Na, Sie sehen aber ganz schön geschafft aus!«

Ich erzählte von meinem Spaziergang und der Begegnung mit dem Alten, verschwieg aber den Fund der Kette.

»Franz Wilhelm Weiß«, sagte er, »ganz zweifellos. Der Alte leidet an der Wahnvorstellung, dass er ein Abkömmling des Schinderhannes ist und die Nachfahren des Schwarzen Peter ihn wegen der Sache mit der Gräfin von Manderscheid immer noch mit ihrem Hass verfolgen.«

»Aber das ist doch jetzt schon zweihundert Jahre her! Und sagten Sie nicht gestern Abend, dass die beiden Gangster nach dem Vorfall hier in der Mühle auch wieder gemeinsam auf Raubzug gingen?«

Der Dicke zuckte die Achseln. »Sagen Sie das mal Franz Wilhelm Weiß. Ich kenne den Kripobeamten ganz gut, der damals den Skelettfund untersucht hat. Weiß war einfach nicht davon abzubringen, dass sein Vater hier ermordet und auf der alten Wasserleitung verscharrt worden ist. Er behauptete, sein Vater habe den Ort gefunden, an dem der Schinderhannes seine Beute versteckt hätte, aber die Petri-Sippschaft sei ihm auf die Spur gekommen und habe ihn heimtückisch ermordet, weil er das Versteck nicht preisgegeben habe. Als Beweis für seine Geschichte soll er sogar ein Schmuckstück vorgewiesen haben, das sich angeblich einst im Besitz der Gräfin von Manderscheid befand.«

»Ach was?«

»Ja, eine kunstvoll gearbeitete, alte Halskette, so was von der Sorte, wie es heute gar nicht mehr zu bezahlen ist. Und das Ding schien sogar tatsächlich ihm zu gehören. Zumindest war nicht zu ermitteln, wo er es geklaut hatte.«

Das Ding in der rechten Tasche meiner Shorts schien plötzlich schwer wie Blei auf meinem Oberschenkel zu liegen.

»Soll ich Ihnen mal meine Theorie zu den Skelettfunden verklickern?« Der Dicke lachte. »1966 und 2002, in den Jahren, als man die Knochen ausgegraben hat, stand Deutschland jeweils im Endspiel der Fußballweltmeisterschaft! Da hatte keiner Zeit und Lust, sich mit irgendwelchen alten

44

Knochen zu befassen, also hat man sie einfach möglichst rasch wieder eingebuddelt. Verschwenden Sie Ihre Zeit nicht mit so einem Quatsch! Kommen Sie lieber mit rein, schauen wir uns an, wie die Bundesliga gespielt hat!«

»Wenn ich mich recht entsinne, hat Deutschland beide Male verloren!«, sagte ich unwirsch und stand auf.

Er machte ein saures Gesicht. Die Niederlagen schienen ihn immer noch zu wurmen.

Nach der Dusche legte ich mich aufs Bett, rief im Landeskrankenhaus in Andernach an und fragte nach einem Patienten namens Franz Wilhelm Weiß.

»Augenblick, ich verbinde Sie mal mit der Station«, sagte der Mann in der Zentrale, und gleich darauf meldete sich eine unterkühlte Frauenstimme, bei der ich unwillkürlich eine Gänsehaut bekam.

»Herr Weiß ist heute leider nicht zu sprechen. Darf ich fragen, in welchem Verhältnis Sie zu ihm stehen?«

»Nein, dürfen Sie nicht«, sagte ich. »Ich muss ihn schon selbst sprechen.«

»Das geht nicht.«

»Warum nicht?«, fragte ich. »Ist er ausgerückt oder was?«

»Wie bitte? Herr Weiß ist aus freien Stücken hier.«

»So, was ist denn dann mit ihm?«

»Wie war noch mal Ihr Name, sagten Sie?«

»Bückler«, sagte ich. »Johann Bückler. Schönen Sonntag auch!«

Ärgerlich auf mich selbst warf ich das Handy auf das zweite, noch jungfräuliche Bett neben mir. Natürlich war der Alte ausgerückt! Und ich war ein Idiot, dass ich dort angerufen hatte. Ich zog mich rasch an, ging nach unten, organisierte mir was Hochgeistiges zu trinken und verbrachte den Rest des Abends grübelnd in meinem Zimmer.

Am nächsten Morgen ließ mich der Rufton meines Handys hochfahren.

»Hallo, Herr Bückler.«

»Was?«

»Sie wollten doch gestern Herrn Weiß sprechen, nicht wahr?«

»Woher haben Sie…?«

»Ihre Nummer war auf dem Display. Ich bin Dr. Starkl, der behandelnde Arzt von Herrn Weiß. Ich dachte mir, es interessiert Sie vielleicht, warum Herr Weiß hier ist.«

»Ja, natürlich, aber dürfen Sie denn…«

»Ich glaube, meine Assistentin hat Ihnen schon erklärt, dass Herr Weiß absolut freiwillig hier bei uns ist. Er kann jederzeit kommen und gehen, wie er will. Aber er will gar nicht gehen. Er hat nämlich eine Heidenangst davor, dass man ihn dann draußen umbringen und verscharren wird wie seinen Vater.«

»Sie glauben doch nicht etwa so…«

»Fakt ist«, fuhr die Stimme unbeirrt fort, »dass Franz Wilhelm Weiß tatsächlich ein Nachfahre des als Schinderhannes in die Geschichte eingegangenen Räuberhauptmannes Johann Bückler ist. Fakt ist weiterhin, dass sein Vater seit 1966 verschwunden ist. Fakt ist ebenfalls, dass Weiß eine Halskette sein eigen nennt, die offenbar tatsächlich der Gräfin Erika von Manderscheid gehörte, ein Stück von heute fast unschätzbarem Wert, das er hütete wie seinen Augapfel und entgegen aller Ratschläge und Warnungen auch nicht für eine Sekunde aus der Hand gab.«

»Warum erzählen Sie mir das alles?«

»Fakt ist auch, dass Weiß gestern lange telefoniert hat und danach sehr aufgeregt war. Er wollte jemanden treffen. ´Heute mache ich endlich reinen Tisch´, sagte er zu mir. ´Ich treffe den verdammten Schwarzpeter und dann ist ein für alle mal Schluss mit dem Versteckspiel, so oder so, die Sache muss ein Ende haben!ʹ Und dann hat er die Station tatsächlich verlassen.«

»Warum erzählen Sie mir das alles?«, fragte ich nochmals.

»Fakt ist auch, dass gestern Abend noch jemand von der Polizei hier war. Sie suchen nach Ihnen, weil Sie gestern im Ort nach dem Alten gefragt haben.«

»Wieso denn? Ich…«

»Fakt ist schließlich und endlich, dass Franz Wilhelm Weiß gestern von einem Wanderer in der Nähe der Schinderhanneshöhle tot an einer Buche hängend gefunden wurde. Ein Suizid erscheint mir völlig ausgeschlossen, das habe ich den Polizisten bereits gesagt. Weiß hatte seine Halskette dabei. Sie ist weg. Alles spricht für einen Raubmord.«

»Was zum Teufel… Was wollen Sie denn eigentlich von mir?«

»Ich? Wieso ich? Ich dachte, Sie wollten etwas von Herrn Weiß.«

»Scheiße!« Ich legte auf.

Das war vor einer knappen halben Stunde. Fakt ist, dass der Alte tot ist und ich jetzt den verdammten Schwarzen Peter habe.

Unten fährt ein Auto auf den Parkplatz. Zwei Männer steigen aus. Sie sehen hoch zu meinem Fenster. Trotz der Hitze, die auch jetzt am frühen Morgen schon wieder herrscht, tragen sie Jacketts. Irgendwie habe ich das dumpfe Gefühl, dass die ausgebeulten Stellen darunter nichts Gutes zu bedeuten haben.

# Temperantia

Theo »Cäsar« Hausmann verbrachte seine Tage faul auf dem Diwan, gab sich in vollen Zügen Wollust und Völlerei hin und sonnte sich hochmütig im Neid seiner Feinde. Die Gewissheit, dass ihm niemand mehr etwas anhaben konnte, hatte sowohl seine Selbstzufriedenheit als auch seinen Wanst anschwellen lassen. Wenn es überhaupt noch etwas gab, was ihn hin und wieder aus seiner Trägheit aufrütteln konnte, dann waren es der Geiz und die Launen seines Eheweibs Lydia, die in letzter Zeit immer unerträglicher wurden.

Fassungslos musste er mit anhören, wie sie die ausgesuchten Prachtweiber, die ihn bedienten, als billige Nutten beschimpfte, wie sie eine Köchin nach der anderen der Gefräßigkeit und des Diebstahls bezichtigte und hinauswarf und ihn selbst ob seiner Verschwendungssucht und Trägheit ankeifte.

Theo Hausmann hatte sein Geld auf der Straße verdient, jeden einzelnen Cent. Er hatte den Namen »Cäsar« nicht umsonst bekommen, sondern mit über 23 Messerstichen erkauft. Aber jeden einzelnen Stich hatte er mit einer Kugel vergolten. Er war nicht bereit, sich nun, da er genug Geld hatte, um sich alles und jeden kaufen zu können, von einem Hausdrachen wie Lydia Vorschriften machen zu lassen.

Mehr als zehn Jahre waren sie schon zusammen, und sie sah für ihr Alter immer noch sehr passabel aus. Sie hatte jede Menge Grütze und weniger Flausen im Kopf gehabt als die übrigen Weiber, hatte das gewisse Etwas, das ihm selbst abging, wenn er sich in den so genannten besseren Kreisen bewegte. Darum hatte er sie geheiratet.

Die Hochzeit mit ihr hatte ihm einen Hauch von Respektabilität gegeben, war, wenn er es recht überlegte, der Anfang seines Aufstiegs vom allseits gefürchteten Kiezfürsten zu Cäsar, dem ungekrönten König der Stadt. Plötzlich war sein Foto fast wöchentlich in den Zeitungen zu sehen:

»Theo Hausmann, begleitet von seiner reizenden Gattin, auf dem Presseball, im Gespräch mit Verlagschef Bernhard Lüders-Kollinghausen und dem neuen Aufsichtsratsvorsitzenden Günter Pauly.«

»Der Präsident trägt sich ein ins Goldene Buch der Stadt. Im Hintergrund OB Berger mit der Präsidentengattin sowie Unternehmer Theo Hausmann mit Ehefrau.«

»Neujahrsempfang im Spiegelsaal des Rathauses. Unter den Gästen auch ein gutgelaunter Theo Hausmann nebst Gattin (wie immer ein Blickfang).«

Lydia hatte auch die Villa ausgesucht und in allen häuslichen Angelegenheiten das Zepter in die Hand genommen. Trotz ihres Geizes hatte sie ein ausgeprägtes Gefühl für Stil, das musste man ihr zugestehen.

»Ein seriöser Unternehmer haust nicht in irgendwelchen zwielichtigen Spelunken«, hatte sie gesagt. Sie hatte sein Leben neu geordnet, ihm den Rücken freigehalten für das Wesentliche. Dafür war er ihr dankbar, aber das gab ihr noch lange nicht das Recht, sich nun so aufzuführen. Es wurde allmählich Zeit, sie einmal in die Schranken zu weisen. Sie würde schon sehen, dass er durchaus noch eine starke Hand besaß, wenn es darauf ankam.

Cäsar räkelte sich und winkte der Zuckerschnecke mit den lustigen Pausbäckchen, ihm Wein nachzuschenken. Während sie ihm den Pokal an die Lippen hielt, schob er den Stoff ihres Röckchens nach oben, knetete ihr Hinterteil und ließ die Hand dann langsam zwischen ihren Beinen hindurch nach vorne wandern. Sie hatte kein Höschen an, grunzte und fing an mit den Hüften zu kreisen. Wein schwappte über den

Rand des Pokals. Unaufgefordert leckte sie die roten Tropfen von seiner Haut. Ihre Linke wühlte in dem ergrauten Pelz, der aus seinem bis auf den Bauchnabel offen stehenden Hemd hervorquoll, derweil die Rechte tastend danach trachtete, den Pokal auf dem Beistelltischchen neben dem Diwan abzustellen.

Lydia kam herein. Sie verzog angewidert das Gesicht, sagte aber nichts, sondern ging zur Bar und genehmigte sich einen Blutorangensaft.

Zuckerschneckchen zögerte, warf besorgte Blicke zu ihr hinüber. Cäsar mühte sich unbeeindruckt zu erscheinen und knetete weiter.

Irgendetwas knisterte. Die Cohiba qualmte auf dem Tischchen vor sich hin. Asche fiel auf den Perser.

»Wenn du schon diese sündhaft teuren Zigarren kaufst, solltest du sie wenigstens rauchen, statt sie als Räucherstäbchen zu missbrauchen, das Louis Seize-Tischchen anzukokeln und den Teppich damit zu ruinieren. Dreißig Euro pro Stück für diesen Gestank!«

So etwas hatte ja kommen müssen. Sie stiefelte herüber und baute sich vor ihnen auf.

»Deine Sorgen möchte ich haben«, sagte Cäsar und sah missmutig auf die Wölbung seiner türkisfarbenen Jogginghose, die schon beachtliche Größe erreicht hatte, nun aber langsam zusammenschrumpfte.

»Würde mir ja schon reichen, wenn du dir ein paar Gedanken über die Gästeliste für Samstag machen könntest. Mal ganz abgesehen davon, dass es wohl wieder auf eines deiner geschmacklosen Gelage hinausläuft, halte ich es für völlig überflüssig, wenn nicht gar gefährlich, diesen aufmüpfigen Kesselflicker Studovic und seine schmierigen Lakaien einzuladen.«

»Pah, gefährlich! Die schwule Nuss!« Er schnaubte verächtlich. »Außerdem: Angriff ist noch immer die beste Verteidigung. Wenn die Bagage hier ist, haben wir sie unter Kontrolle. Ich werde es schon aus ihnen herausquetschen, wenn sie was gegen mich vorhaben.«

Die Gerüchte, dass ein kleiner, tuntiger Zuhälter vom Balkan im Kiez ein paar Schläger um sich geschart und ein paar Bullen geschmiert hatte und neuerdings sogar versuchte, den ein oder anderen Honoratioren einzuseifen, konnte doch ihn, »Cäsar« Hausmann, nicht ernsthaft beeindrucken. Mit so einem Homo wurde er immer noch mit Links fertig.

»Herausquetschen, das ich nicht lache! Du schaffst es nicht mal mehr eine Laus zu zerquetschen.«

Hausmann verzog das Gesicht. Seine Hand lag auf dem Louis-Seize-Tischchen, Zuckerschneckchen hatte sich darauf gesetzt. Sie war eingeschlafen.

»Völlig überflüssig, diese feisten Fettsäcke hier durchzufüttern, rausgeschmissenes Geld!«, keifte Lydia.

»Dein Geiz wird dich noch umbringen«, sagte er. »Du wirst schon sehen, ich habe alles im Griff.«

Sie schnaubte verächtlich durch die Nase, packte die Zigarre und hielt sie wie ein Stilett in der Hand. Einen Augenblick lang glaubte er, sie würde sie Zuckerschneckchen zwischen die Beine stoßen. Dann rammte sie die Zigarre in den Aschenbecher.

»Große Töne spucken ist alles, was du noch bringst.«

Sie schlug die Tür hinter sich zu. Die türkisfarbene Wölbung zwischen seinen Beinen war vollends zusammengesunken.


Sein achtzehnter Geburtstag sollte für Giovanni ein in jeder Hinsicht besonderer Tag werden. Als er in die riesige

Torte stieg, um sich auf seinen siebten Auftragsmord vorzubereiten, wusste er noch nicht, wen er töten sollte. Der Fall lag diesmal nicht ganz so einfach.

Er hatte schon zweimal für Hausmann gearbeitet und kannte dessen Schwäche für große Inszenierungen und alles Italienische. Der Fettsack hatte entschieden zu viele schlechte Gangsterfilme gesehen. Obwohl italienisches Blut durch Giovannis Adern floss, hatte er selbst nicht viel übrig für Mafia-Romantik.

Seine Mutter kam aus Turin und das einzige, was Giovanni, neben ihrem Äußeren, als typisch italienisch an ihr empfand, war die eigenwillige Auslegung ihrer Religion, beziehungsweise die Kunst der Verdrängung, die sie dabei an den Tag legte. So schaffte sie es, scheinbar völlig ohne Gewissensbisse mit zwei Mördern zusammenzuleben und doch die Frömmigkeit in Person zu sein. Streng katholisch hing sie an jedem Bibelwort wie an einer unumstößlichen Wahrheit.

Mehr oder minder gewaltsam hatte sie Giovanni den kompletten Katechismus eingebläut. Die zehn Gebote Gottes, die fünf Gebote der Kirche, die sieben Sakramente, die sieben Gaben des Heiligen Geistes, die sieben Todsünden, die sieben leiblichen und geistlichen Werke der Barmherzigkeit. Letztere hatte seine Mutter nur selten gezeigt, vor allem nicht, wenn er wieder einmal die letzte der vier Kardinaltugenden vergessen hatte: Temperantia – die Mäßigung. Was dann folgte, verschaffte Giovanni jedes Mal eine Ahnung dessen, was sich hinter den fünf schmerzhaften Geheimnissen des Rosenkranzes verbarg.

Sein Vater hielt sich heraus aus der religiösen Erziehung. Giovanni erinnerte sich nur an eine einzige Bemerkung, die er einmal gemacht hatte, als der Teppichklopfer unter der

Wut der Schläge zerbrochen war. Es war eine Frage gewesen, in fast scherzhaftem Ton gestellt: »Wie war das noch mit der Mäßigung?«

Ansonsten war der Vater ein eher humorloser Mann, der seinen Teil der Erziehung vor allem darin sah, aus dem Jungen einen ebenso geschäftstüchtigen Killer zu machen, wie er selbst einer war. Auch er hatte, abgesehen von der Wahl seines Eheweibs, wenig mit Italien und noch weniger mit der Mafia im Sinn.

»Halt dich fern vom organisierten Verbrechen«, hatte er Giovanni mit auf den Weg gegeben. Es gefiel ihm daher auch nicht sonderlich, dass sein Sohn sich ausgerechnet einen italienischen Decknamen ausgesucht hatte und sein von der Mutter ererbtes südländisches Äußeres werbewirksam einzusetzen versuchte.

Giovanni hatte schnell gemerkt, dass man ihm den »kaltblütigen Killer« eher abnahm als seinem unscheinbaren, mit Nickelbrille und Flanellhemd fast wie ein Intellektueller daherkommenden Vater. Auch wenn er das Ganze im Grunde für Humbug hielt, trug er dunkle Anzüge und eine Sonnenbrille, wenn er seine Kunden aufsuchte. Es war besser fürs Geschäft. Wie man sah, sprangen selbst solche Typen wie Cäsar Hausmann darauf an, wenn sie einen Professionellen suchten und niemand aus ihren eigenen Reihen ins Feuer schicken wollten.

Hausmann hatte ihn angeheuert, um seinen Konkurrenten Studovic aus dem Weg zu räumen. Es war genau die Art Auftrag, vor der sein Vater ihn immer gewarnt hatte.

»Du darfst deine Morde nie überstürzen«, hatte er ihm eingeschärft. »Lass dir Zeit mit der Entscheidung, ob du einen Auftrag annimmst oder nicht, und nimm dir Zeit für Planung und Ausführung. Wenn dir jemand das Tempo, die

Art oder den Ort deiner Hits vorschreiben will, lass den Auftrag lieber sausen.«

Hausmann hatte ihn erst vor zwei Tagen angerufen und ganz spezielle Wünsche geäußert. Irgendwie schien er nicht mitgekriegt zu haben, dass der Scherz mit der Riesentorte nicht mehr witzig war. Hausmann bemühte ihn immer noch als running gag auf seinen Partys.

Das letzte Mal war ein Typ mit einer MP aus der Torte gehüpft, hatte sich dann aber schnell als Stripperin entpuppt und dem Generalstaatsanwalt an den Hals geworfen. Diesmal sollte wieder jemand mit einer MP aus der Torte hüpfen, ein echter Kerl, mit einer echten MP. Er sollte es Studovic ein für allemal besorgen und außerdem noch ein bisschen in der Gegend herumballern, damit es so aussah, als habe irgendein kleiner Psychopath aus dem Kiez, dem Studovic in die Quere gekommen war, Hausmanns Party-Gag für seine Zwecke missbraucht.

Giovanni war sich darüber im Klaren, dass er Studovics Gorillas ebenfalls erledigen musste, wenn er den Abend überleben wollte. Aber Hausmann zahlte gut. Die Hälfte im Voraus. Die Gorillas waren im Preis inbegriffen.

Da lag der Fall mit dem Geburtstagsgeschenk, das sein Vater ihm gemacht hatte, schon ganz anders.

»Ein Hit wie gemacht für dich«, hatte Papa gesagt. »Absolut klassisch: eine Frau, die ihren Mann beseitigen will. Und das Beste: Jeder wird glauben, dass Hausmann von einem seiner Neider um die Ecke gebracht wurde. Auf unsere Klientin wird keinerlei Verdacht fallen.«

»Na bestens«, hatte Giovanni sofort gedacht. »Und trotzdem wird diese geizige Kuh den Teufel tun, mir die zweite Hälfte meines Honorars zu bezahlen. Mehr als eine Ladung Blei wird nicht mehr für mich herausspringen.«

Von seinen beiden Aufträgen, die er schon für die Hausmanns erledigt hatte, kannte er Lydia Hausmann gut genug, um zu wissen, dass sie ihn eiskalt abservieren würde, sobald er seine Arbeit verrichtet hatte.

Trotzdem kam es genauso wenig in Frage, zu Cäsar Hausmann zu gehen und ihn über die Pläne seiner Frau zu informieren, wie etwa gar Papas gut gemeintes Geschenk zurückzuweisen. Giovannis Instinkt sagte ihm, dass Lydia Hausmann mittlerweile die Fäden des Geschäfts schon viel zu sehr in Händen hielt, als dass er einen solchen Winkelzug lange überlebt hätte. Zudem war es letzten Endes auch eine Frage des Berufsethos. Wenn man einen Auftrag annahm, musste man ihn auch ausführen, das zumindest hatten ihn die Vorträge seines Vaters gelehrt.

Giovanni, der mit bürgerlichem Namen Roland Heidmann hieß, merkte, wie die Torte, in der er hockte, sich langsam in Bewegung setzte. Es wurde ernst. Er musste zu einem Entschluss kommen, auf wen er die MP richten sollte, nachdem er den Deckel der Torte weggestoßen hatte.

Studovic? Cäsar? Lydia Hausmann? »Wer von den dreien hatte es am meisten verdient zu sterben?«, fragte er sich, während man ihn durch die weitläufigen Flure der Villa schob.

Die sieben Todsünden fielen ihm ein. Wer von den dreien hatte eine der sieben Todsünden begangen? Giovanni hasste das Wissen, das seine Mutter ihm eingeprügelt hatte. Und doch war »Giovanni« für ihn mehr als ein bloßer Deckname. Es war ein Künstlername, nicht nur irgendein x-beliebiger italienisch klingender Name. Giovanni, zu Deutsch Johannes, war der Prophet der Apokalypse, der Verkünder der letzten sieben Plagen, mit denen sich Gottes Zorn vollendete. Er war der Vertreter des letzten Gerichts.

Die sieben Todsünden! »Superbia«, der Hochmut. Er dachte an die Arroganz, mit der die Hausmanns ihn bei seinen letzten beiden Besuchen empfangen hatten. »Avaritia«, die Habsucht. Ein geizigeres Wesen als Lydia Hausmann war Giovanni sein Lebtag noch nicht untergekommen. »Invidia«, die Missgunst. Giovanni hatte vom Küchenfenster aus beobachtet, wie Studovic aus seinem amerikanischen Zuhälterschlitten gestiegen war und die Villa gemustert hatte. Der Neid stand ihm förmlich ins Gesicht geschrieben. »Ira«, der Zorn. Nicht Zorn, sondern kalte Wut war das, was Giovanni selbst empfand, wenn er an den wollüstigen Fettsack und seine Kumpane dachte, wie sie träge zwischen ihren Kissen lagerten, sich von minderjährigen Nymphchen den Kaviar löffelweise in den Schlund schieben ließen und dabei vor lauter Überdruss kaum noch aus den Augen blicken konnten.

Gedämpft drang der Lärm des Gelages zu ihm herein in die Torte. »Luxuria«, die Unkeuschheit, »Gula«, die Völlerei und »Acedia«, die Trägheit des Herzens. Sie waren alle schuldig!

Die ersten Takte des Liedes, das als Signal für ihn vereinbart worden war, ertönten. Seine Rechte schloss sich fester um den Griff der MP, während seine Linke nach dem Deckel der Torte tastete.

Mit einem Ruck stieß er ihn zur Seite und sprang auf. Einen Augenblick lang war er geblendet von der Helligkeit, einen zweiten Augenblick brauchte er zur Orientierung. Alles Weitere war nur noch eine Frage der Reihenfolge.

Gleich mit der ersten Salve traf er Studovic und seine beiden Gorillas, die zweite wischte das triumphierende Grinsen aus Cäsar Hausmanns fettem Gesicht und verwandelte es in einen blutigen Klumpen. Noch während er aus der Torte sprang, feuerte Giovanni zum dritten Mal und setzte auch Hausmanns Bodyguards außer Gefecht.

Eine Handvoll halbnackter Mädchen und drei weitere Männer, unter denen er einen Staatsanwalt und den Bürgermeister zu erkennen glaubte, hatten sich unter Stühlen oder hinter dem Büffet verschanzt. Lydia Hausmann war nirgends zu sehen.

Giovanni rannte hinaus, zurück in die Küche. Er hatte den Wagen vor dem Dienstboteneingang geparkt.

Ihr Schuss traf ihn im Rücken. Genau die richtige Stelle schräg unter dem Schulterblatt. Giovanni fiel auf die Nase. Die Waffe hielt er immer noch in der Hand. Einen Augenblick lag er regungslos. Dann wirbelte er trotz der kugelhemmenden Hybridweste blitzschnell herum und schickte Lydia Hausmann mit seiner vierten Salve auch noch in die Hölle.


An den Kühlschrank gelehnt schob Giovanni sich die Reste der Geburtstagstorte in den Mund, während sein Vater stirnrunzelnd die Zeitung zusammenfaltete.

»Sieben Tote. Wie war das noch mit den Kardinaltugenden?«, fragte er und sah seinen Sohn über die Nickelbrille hinweg an.

»Klugheit, Gerechtigkeit, Tapferkeit«, sagte Giovanni.

»Und die vierte?«

Giovanni zuckte die Achseln.

Sein Vater schüttelte den Kopf. »Ich fürchte, du wirst es nie lernen«, seufzte er.

# Tod auf dem Stabuff

*»A man can be destroyed but not defeated.« (Ernest Hemingway)*

»Du brauchst doch Geld, oder?«

»Immer.«

»Ich hab was für dich.«

»Wieviel und wofür?«

»10 000. Für einen Sieg in der Boxbude.«

»Was soll das?« Rick Nolde winkte ab. »Hab ich meine Karriere etwa beendet, um jetzt als Kirmesboxer weiterzumachen.« Er stutzte. »Hast du gesagt 10 000? Wieso so viel? Du drehst doch wohl nicht wieder irgendwelche krummen Dinger.«

»Ach was! Du sollst nur dein Bestes geben, sonst nichts.« Luger grinste schief. Obwohl er selbst nie im Ring gestanden hatte, konnte er eine geradezu klassische Boxernase sein eigen nennen. »Hör dir doch erst mal an, gegen wen du kämpfen sollst. Ich denke, dann wirst du den Fight sogar ohne Kohle wollen.«

»Herbie?«, fragte Rick überrascht. »Macht er immer noch den Clown auf dem Stabuff?«

Luger schüttelte den Kopf. »Nein, nicht den Clown. Ganz und gar nicht. Er ist nämlich immer noch verdammt gut. Und er will endlich seine Revanche.«

Rick pfiff durch die Zähne.

Dann nickte er bedächtig.


Fast zwanzig Jahre war es her, dass Herbert Friedmann und Richard Nolde die großen Hoffnungsträger des BSC Germania 05 für die bevorstehenden deutschen Juniorentitelkämpfe gewesen waren. Beide hatten gute Aussichten, Friedmann im Mittel-, Nolde im Halbschwergewicht.

Sie waren Freunde gewesen, Herbie und Rick, die zwei Jungs aus der Arbeitersiedlung. Ricks Vater Georg hatte sie zum Boxen gebracht, sie mit in den Club genommen und ihnen zu Hause immer wieder die Videos der großen Klassiker gezeigt. Den »Rumble in the Jungle« hatten sie sich angeschaut, bis die Kassette den Geist aufgab.

Und dann war Marie aufgetaucht. Lange, dunkle Locken, braune Augen, karamellfarbene Haut, eine atemberaubende Figur, die jedem Achtzehnjährigen feuchte Träume bescherte. Es war kein Zufall, dass sie ihnen über den Weg gelaufen war, ihr Vater betrieb eine Boxbude auf dem Jahrmarkt. So blieben ihnen lediglich vierzehn Tage, um Eindruck auf sie zu machen.

Fast eine Woche hielten sie sich an Georg Noldes Verbot, aufs Stabuff zu steigen, drückten sich aber tagein tagaus dort herum, vorgeblich um den Kirmesboxern zuzuschauen, wie sie mutige, geldgierige, großspurige oder manchmal auch einfach nur angetrunkene Zuschauer, die zu ihnen in den Ring stiegen, vermöbelten.

Es gelang ihnen, Maries Sympathie zu gewinnen, aber sehr bald war klar, dass sie keine weiteren Fortschritte mehr bei ihr machen konnten. Marie schien wenig gewillt, sich auf die Schnelle zwischen ihnen zu entscheiden.

»Tragen wir's im Ring aus, ein fairer Kampf unter Freunden. Hier in der Boxbude, vor ihren Augen. Der Verlierer räumt das Feld.« Wie meist war Rick die treibende Kraft, wenn es darum ging, etwas zu bewegen.

»Du weißt genau, dein Vater hat uns verboten, hier zu boxen. Wenn wirs trotzdem machen, riskieren wir eine Sperre für die Titelkämpfe.«

»Er hat uns nur verboten, gegen die Kirmesboxer anzutreten. Was kann er dagegen haben, wenn wir unter uns ein kleines Trainingskämpfchen bestreiten. Maries Vater hat sicher nichts gegen einen kleinen Showkampf einzuwenden.«

Am nächsten Tag standen sie sich in Pierre Lamerres Boxbude gegenüber. Der Kampf sollte über die übliche Amateurdistanz gehen, 4x2 Minuten. Da es in der Boxbude sonst nur K.O.-Sieger gab und sie dem Publikum in dieser Hinsicht nicht trauten, sollte Lamerre sowohl die Rolle des Rings als auch gegebenenfalls des Punktrichters übernehmen.

Während zwei der Kirmesboxer, die als Sekundanten fungierten, ihnen in die Handschuhe halfen, wanderten ihre Blicke zu Marie, die unten am Ring stand. Ihrer Miene war nicht zu entnehmen, wem sie die Daumen drückte. Sie hatte beide vorher umarmt und ihnen Glück gewünscht.

Der Kampf begann, und ein fachkundiger Zuschauer bemerkte schnell, dass Herbie der talentiertere Boxer war. Trotz seiner Jugend zeigte er sich schon als glänzender Stilist. Tänzelnd wartete er darauf, den Gegner auszukontern. Die Masse feuerte allerdings Rick an, der von Beginn an losmarschierte wie ein Stier, ein Pressure Fighter wie Joe Frazier in seiner besten Zeit.

Sein Pech war, dass Herbie ihn von vielen gemeinsamen Trainingskämpfen in- und auswendig kannte und auch die boxerischen Mittel besaß, um seine Schwächen gnadenlos aufzudecken. Rick musste eine Menge einstecken und lag nach den ersten drei Runden hoffnungslos zurück.

Obwohl die Zuschauer auf seiner Seite waren, durfte Lamerre unmöglich für ihn entscheiden. Nur ein K.O. konnte ihm noch helfen. Der kam nach einer unübersichtlichen Situation, in der Rick Herbies Deckung mit einer letzten verzweifelten Serie von Schlägen bedachte, um dann in den

Infight zu flüchten und es noch einmal mit schnellen, kurzen Körperhaken zu versuchen.

Als Herbie zu Boden sackte und schmerzverkrümmt liegenblieb, hatten offenbar nur wenige bemerkt, dass der entscheidende Schlag unter der Gürtellinie gelandet war.

Das Publikum tobte, und Lamerre hütete sich, die Massen gegen sich aufzubringen, indem er Rick disqualifizierte und Herbie zum Sieger erklärte. Die Boxbude hatte ihre eigenen Gesetze.

Doch Maries braune Augen waren scharf, und sie hatte ein anderes Gerechtigkeitsempfinden. Sie hatte gesehen, was passiert war. Als ihr Vater am Ende der Woche seine Zelte abbrach, hatte er einen Mann mehr in seiner Truppe, einen erstklassigen Boxer, der auf dem Stabuff mit einer Niederlage begonnen hatte, danach jedoch nie wieder verlieren sollte.

Rick Nolde aber fuhr zu den Juniorenmeisterschaften, holte den Sieg im Halbschwergewicht und anschließend noch viele weitere Titel. Als er seine Profikarriere beendete, wies er einen beachtlichen Kampfrekord auf, die meisten Siege davon durch K.O.

Seinen einstigen Freund Herbert hatte er aus den Augen verloren. Ein einziges Mal noch waren sie einander begegnet, in Pierre Lamerres Zelt auf dem Rummel. Herbie hatte im Ring gestanden und ihn angeschaut, kurz bevor er seinen Gegner mit einer schweren Geraden auf die Bretter geschickt hatte.

Rick war danach gegangen, ohne noch einmal mit Herbie zu sprechen. Marie hatte er damals überhaupt nicht gesehen.

Das war lange her.

Nun war »Pierre's Boxsport-Arena« wieder die große Attraktion auf der Festwiese. Seit mehr als fünfzig Jahren war das Unternehmen in der Hand der Familie Lamerre. Der alte Pierre hatte alle Höhen und Tiefen des Geschäfts miterlebt.

In den 50er und 60er Jahren, als sein Vater den Betrieb geführt und Pierre selbst noch in den Ring gestiegen war, hatte die Boxbude ganz selbstverständlich zum traditionellen Jahrmarktstreiben dazu gehört.

Dann war sein Vater beim Zeltaufbau tödlich verunglückt. Pierre hatte die Geschäfte übernommen und gleich zu Beginn einen schweren Stand. Die 70er Jahre wurden nicht nur für ihn zu einer argen Durststrecke. Jahrmarktsboxen war nicht mehr angesagt. Von »proletenhaft zur Schau gestellter Männlichkeit«, »Verrohung der Jugend« und »Schüren des Gewaltpotentials unter den Zuschauern« war immer wieder die Rede, und allerorten sperrten sich die Jahrmarktsausschüsse dagegen, Boxbuden zu ihren Festen zuzulassen.

Erst Mitte der 80er Jahre sorgten die Rocky-Filme, trotz oder vielleicht auch gerade wegen ihrer unrealistisch bluttriefenden Kampfszenen, dafür, das Boxen auch in der breiten Öffentlichkeit wieder populärer zu machen. Damals war Herbie zu ihnen gestoßen, ein Glücksfall nicht nur für Marie, sondern auch für Pierre, der sich auf Anhieb gut mit seinem Schwiegersohn verstand.

Dann waren die fetten Jahre gekommen, in denen die deutschen Boxer ihre großen Erfolge gefeiert und die Fernsehsender sich um die Übertragungrechte der WM-Kämpfe gebalgt hatten. Eine Welle, die mittlerweile zwar wieder leicht abflaute, auf der sich aber immer noch gut mitschwimmen ließ.

Und nun, zu Pierres unendlichem Leid, würde nicht nur Herbie abtreten, es sah auch so aus, als sollte seine Ehe mit Marie kinderlos bleiben. Das Familienunternehmen drohte in absehbarer Zeit in andere Hände zu geraten.

Als Richard Nolde vor der Boxbude stand und Pierre Lamerres marktschreierischer Ankündigung der Kämpfe lauschte, ahnte er nichts von den Gedanken, die dem alten Schausteller das Leben schwer machten. Geduldig reihte er sich in der Warteschlange vor der Kasse ein, um Herbie zu beobachten und dieses Mal vielleicht auch Marie wiederzusehen.

Letzteres gelang ihm sehr schnell. Sie saß an der Kasse. Graue Strähnen durchzogen ihre Locken, um Mund und Augen herum hatten sich Fältchen eingegraben, die ihr trotz der immer noch tadellosen Figur etwas Matronenhaftes verliehen. Im Blick ihrer braunen Augen, mit denen sie jeden einzelnen, dem sie ein Ticket verkaufte, aufmerksam musterte, lag nicht mehr die sündige Verlockung früherer Tage, sondern ein angenehm weiblicher, fast mütterlicher Charme.

Auch als Rick, verkleidet mit Perücke, Schnäuzer und dunkel getönter Brille, ihr gegenübertrat, änderte sich daran nichts. Ihre Miene verriet nicht im Geringsten, ob sie ihn erkannte. Er zahlte passend und nahm wortlos das Ticket.

Im Zelt suchte er sich einen Platz in einer der hinteren Reihen. Kurz darauf marschierten die Kämpfer in den Ring. Pierre Lammerre stellte sie vor. Durchtrainierte, ausgebuffte Jungs, die schon manche Ringschlacht erlebt hatten, das sah man sofort. Drei von ihnen kamen, dem Namen nach zu urteilen, aus Osteuropa, der jüngste, ein dunkelhäutiger Hüne mit Rasta-Zöpfen wurde, unter dem Gelächter der Zuschauer, als Franz-Josef Sträußle vorgestellt.

Neben ihm stand Herbie. Er war alt geworden. Seine Stirn war deutlich nach oben gerutscht, und seine Haut hatte eine ungesunde Farbe, als ob sie zu viel und zu lange der Sonne ausgesetzt würde. Ansonsten sah er immer noch sehr fit aus. Er sollte gleich drei Kämpfe an diesem Abend bestreiten.

Als erstes stieg ein muskelbepacktes Großmaul zu ihm in den Ring, das er eine Weile mühelos auf Distanz hielt, ehe er es am Ende mit einer schnellen Eins-Zwei-Kombination auf die Bretter schickte.

Danach hatte Herbie Pause, und Rick wurde Zeuge, wie seine Kollegen der Reihe nach ein paar leicht angetrunkene Jüngelchen, die vor ihren Mädels dicktun wollten, durch den Ring prügelten.

In seinem zweiten Kampf hatte Herbie es mit einem biederen Familienvater zu tun, den sein Eheweib, offenbar der 200 Euro wegen, dazu aufgestachelt hatte, die Kräfte mit einem der Boxer zu messen. Trotz der Pfiffe des Publikums schonte Herbie ihn sichtlich und ließ ihn über die volle Distanz durch den Ring tapsen. Seine unbeholfenen Versuche, unter den ständigen Anfeuerungsrufen seiner Frau und Kinder, einen Treffer zu landen, wirkten fast schon rührend.

Rick spielte mit dem Gedanken, zu gehen, aber dann kam Franz-Josef, der Rasta-Mann, und ließ die Muskeln spielen. Allerdings hatte sein Gegner kaum weniger zu bieten und schien überdies auch nicht das erste Mal in einem Ring zu stehen.

Der Kampf ging fast über die volle Distanz. Die Regeln besagten, dass der Herausforderer durch K.O. gewinnen musste, wenn er das Preisgeld einstreichen wollte. Sträußle hatte also alle Zeit der Welt. Dennoch schien er kurz vor Ende der Kampfzeit die Geduld zu verlieren, ging selbst auf einen K.O. aus und lief dabei in einen klassischen Konter.

Unter dem Johlen der Zuschauer zählte Lamerre ihn aus. Die überzogen saure Miene, mit der er anschließend dem Sieger seinen Gewinn ausbezahlte, ließ Rick vermuten, dass es sich um die obligatorische allabendliche Niederlage gehandelt hatte, die vonnöten war, um auch am nächsten

Abend wieder ein paar Wagemutige in den Ring zu locken. The show must go on.

Zum letzten Kampf des Abends stieg dann noch einmal Herbie ins Geviert. Sein Gegner war ein junger Mann mit asiatischen Zügen, muskulös, beweglich, konzentriert. Er spuckte keine großen Töne, und die Art, wie er sich mit ein paar katzenhaften Bewegungen locker machte, ließ Rick unwillkürlich an einen Kickboxer denken.

Ein ernst zu nehmender Gegner, das zeigte sich von Beginn an. Der Junge war schnell auf den Beinen und hatte ein Kämpferherz, ließ sich davon aber keineswegs zu Unbedachtsamkeiten hinreißen.

Zwei Runden lang belauerten sich die beiden Kontrahenten. Obwohl nichts geschah, blieb das übliche Murren und Pfeifen der Zuschauer aus. Die Spannung war fast mit den Händen zu greifen. Alle warteten auf die entscheidende Attacke des Jungen, die irgendwann kommen musste.

Als sie kam, zeigte Herbie, dass er nichts verlernt hatte. Mit stoischer Ruhe begegnete er den Finten des tigerhaft anstürmenden Gegners, nahm problemlos ein, zwei leichtere Körpertreffer, deckte aber seinen Kopf sorgsam ab. Und dann, urplötzlich, zuckte eine linke Gerade heraus, so schnell, so unvermittelt, so zielsicher und wuchtig, dass selbst Rick in seinem langen Boxerleben selten etwas Vergleichbares gesehen hatte. Der Junge fiel wie ein Baum.

Als Rick an diesem Abend nach Hause ging, wusste er, dass sein letzter Kampf auch sein schwerster werden würde. Luger hatte nicht zu viel versprochen: Herbie war immer noch verdammt gut.

Obwohl das Gros der Zuschauer Rick nicht zu kennen schien, und es für sie daher auch in diesem Kampf nur um die üblichen 200 Euro ging, war im Zelt doch eine seltsame Erwartung zu verspüren. Es war der letzte Fight des Abends, der letzte bevor »Pierres Boxarena« seine Zelte abbrechen und zum nächsten Jahrmarkt weiterziehen würde. Allen war klar, dass es kein gewöhnlicher Fight werden sollte.

Herbie war, wie immer, zu Beginn der Veranstaltung vorgestellt worden, dann aber sofort hinter den Kulissen verschwunden. Er hatte keinen einzigen Kampf bestritten. Es sah aus, als ob er sich schonen wollte.

Er tauchte erst wieder am Stabuff auf, als Rick schon längst bei Lamerre stand und auf ihn wartete. Rick hatte sich, so gut es ging, hinter dem Zelt warmgemacht: Dehnübungen, ein wenig Seilspringen, ein paar Kombinationen auf Lugers Pratzen.

Sie betraten den Ring fast gleichzeitig.

»Hi, Rick. Danke, dass du gekommen bist.«

Rick runzelte die Stirn. Bisher hatten sie noch kein einziges Wort miteinander gewechselt. Herbie hatte ihm bei seiner Ankunft nur kurz zugenickt. Und jetzt dieser fast herzliche Ton.

»Hallo Herbie«, erwiderte Rick unsicher. »Nett dich mal wieder zu sehen.« Er versuchte es mit einem ironischen Unterton, der ihm nicht ganz gelang. Marie stand am Zelteingang und schaute zu ihnen herauf. Sie war immer noch schön. Fast so wie damals, ging es ihm durch den Kopf.

Luger, der ihm in der Ringecke sekundieren und nach dem Kampf das Geld kassieren sollte, grinste schief, als er ihm die Fäuste bandagierte und in die Handschuhe half.

Es begann mit einem langsamen Abtasten. Rick war nicht mehr der wilde Draufgänger von einst. Er würde den Teufel tun und Herbie ins offene Messer laufen. Sollte der sich doch bemühen, schließlich war es seine Revanche.

Eine Runde lang sahen sich die Zuschauer geduldig an, wie die beiden einander umschlichen. Dann wurde es ihnen zu viel. Schmährufe gegen Rick als Herausforderer wurden laut.

»Was will der alte Hosenscheißer denn da?«

»Hey, kennst du den nicht? Das ist doch Rick Nolde!«

»Na und, soll endlich was tun für sein Geld!«

»Los, holt den faulen Sack da runter, meine Oma will auch noch ran!«

Herbie dagegen wurde unterstützt. In den Tagen auf der Festwiese schien er viele Fans gewonnen zu haben, die ihn heute, am letzten Abend, noch einmal in Aktion sehen wollten. Zudem schien für die Stammbesucher klar zu sein, dass die Initiative vom Herausforderer ausgehen musste.

»Gib ihm eine, Herbie!«, erscholl es, und »Los, Herb, blas ihm die Lichter aus!«

In der Pause vor der dritten Runde sagte Luger: »Wenn du die 10 000 willst, solltest du jetzt langsam mal Gas geben.«

»Und Herbie?«, keuchte Rick. »Und seine Revanche?«

»Da unten stehen ein paar Typen von der Presse«, sagte Luger. »Schätze mal, die haben dich auch erkannt. Wenn dir egal ist, was sie morgen über dich schreiben, dann mach nur so weiter…«

Rick sah nach unten in die Menge. Das einzig bekannte Gesicht, das er sah, gehörte Marie. In dem seltsam diffusen Licht wirkte sie sehr bleich. Ihre Züge waren jedoch starr wie eine Maske. Sie schien glatt durch ihn hindurchzusehen.

Der Gong ertönte.

Rick nahm noch einen Schluck aus der Pulle. Langsam bewegte er sich aus der Ecke.

»Hey Mann, hast wohl deine Eier zu Hause gelassen?«, rief einer.

»Angst vor Tiefschlägen, was!«, höhnte ein anderer.

Rick spie den letzten Rest Wasser aus. In der Boxbude wurde ohne Mund- und Tiefschutz gekämpft.

Herbie erwartete ihn in der Mitte des Rings. In seinem Gesicht arbeitete es. Rick glaubte, fast so etwas wie Angst darin lesen zu können. Aber Herbies Fäuste waren leicht gesenkt, ganz so als wolle er sagen: »Schlag endlich zu!«

Rick attackierte. Überfallartig. Ohne Rücksicht auf Verluste. Wütend. Ohne auf die eigene Deckung zu achten. Auch nachdem die ersten beiden Fäuste schon ihr Ziel gefunden hatten, setzte er nach, schlug dem nun fast völlig wehrlos taumelnden Herbie noch eine weitere Linke an die Schläfe.

Dann sprang er zurück.

Der Angriff war so überraschend gekommen, so schnell, dass nur ein einziger Laut im Zelt zu hören gewesen war. Ein schriller Schrei aus Maries Kehle. Dann war es totenstill. Das nächste Geräusch, das Rick hörte, war das dumpfe Aufschlagen von Herbies Kopf auf dem Ringboden.


Die Presse- und Fernsehleute hielt Luger ihm vom Leibe. Andere ließen sich nicht wegschicken.

Zuerst kamen zwei Polizisten, dann ein Agent von Herbies Lebensversicherung, dann noch einmal ein Polizist.

Er erzählte ihnen allen das Gleiche: Nein, er sei nicht von Lamerre oder dessen Tochter angeheuert worden. Nein, er habe auch nichts von einem Tumor gewusst. Ja, sie seien früher Freunde gewesen, hätten sich dann aber aus den Augen verloren. Ja, er habe den Kampf nur aus einer sentimentalen Anwandlung heraus bestritten. Nein, er wäre niemals gegen Herbie angetreten, wenn er von dem Tumor gewusst hätte. Nein, er fühle sich jetzt ganz und gar nicht wie ein Totschläger und schon gar nicht wie ein Killer.

Als keiner mehr kam und etwas von ihm wollte, nahm er sich Luger noch einmal vor.

»Wusstest du von Herbies Tumor?«

Luger schüttelte den Kopf. »Angeblich wusste er es ja selbst nicht, sagt Marie.«

»Pah! Was soll sie auch sonst sagen? Schließlich würde die Versicherung sonst nie und nimmer zahlen. Dürfte so schon schwer genug werden, was zu kriegen.«

»Sie schafft das.« Luger besah sich nachdenklich seine abgebrochenen Fingernägel. »Ist schon ein verdammt toughes Mädchen.«

»Was ich nicht ganz verstehe ist, warum er ausgerechnet mich für diesen Kampf wollte. Das hätte er doch viel billiger haben können.«

Luger seufzte. »Ich denke mal, er wollte, dass sich irgendwie der Kreis schließt, dass du es bist, der ihm den letzten K.O. versetzt. Den ersten und den letzten.«

Rick nickte. Er trat ans Fenster. Draußen fuhren die Wagen von »Pierres Boxarena« vorbei Richtung Autobahn. Dann schüttelte er den Kopf. »Herbie ist nie K.O. gegangen«, sagte er langsam. »Er hat immer bekommen, was er wollte.«

# Rosalie geht um

»Rosalie ist wieder unterwegs«, sagte Daniel. »Was sie nur immer treiben mag? Sie findet einfach keine Ruhe.«

Schwester Elfriede seufzte gelangweilt und wendete den Blick nicht vom Bildschirm, auf dem die Wiederholung einer amerikanischen Krankenhaus-Soap lief.

»Ob sie ein schlechtes Gewissen hat? Sie schaut auch immer so finster drein.«

»Du spinnst ja. Rosalie geht's gut.« Elfriede langte nach ihren Zigaretten und warf einen Blick auf die Uhr, während sie sich eine ansteckte. Es war noch gut eine halbe Stunde bis zur nächsten Runde, mit der diesmal Daniel an der Reihe war. »Ich habe das Gefühl, ihr geht's in der letzten Zeit sogar ganz besonders gut.«

Tatsächlich schien Rosalie nach den Todesfällen der vergangenen Wochen regelrecht aufzublühen. Der ans Bett gefesselte Dr. Ringdahl und die herrische, im Rollstuhl sitzende Martha Bebels waren beide an plötzlichem Herzversagen gestorben und hatten nicht unbedingt zu ihren Freunden gezählt. Aber Freunde hatte Rosalie ohnehin keine, weder im Pflegeheim St. Katharina noch sonst wo.

Sie war das, was man eine alte Jungfer nennt und füllte diese Rolle hartnäckig mit der ganzen ihr zu Gebote stehenden Verschrobenheit aus. Sie trug stets dieselbe karierte Kittelschürze, sommers wie winters eine schmutzige, rote Strickjacke und ein schwarzblaues Kopftuch, unter dem fettige und trotz ihres Alters immer noch dunkle Strähnen hervorsahen.

Das Pflegepersonal ermahnte sie zwar immer wieder, wenigstens Unterwäsche und Strümpfe regelmäßig zu wechseln, hatte aber letzten Endes genug mit den wirklichen

Pflegefällen zu tun und war froh, sie nicht auch noch waschen und anziehen zu müssen. So muffelte sie in jeder Hinsicht vor sich hin.

Wenn man sie ansprach, starrte sie einen verständnislos an, wobei ihre dunklen Äuglein wild hin und her rollten. Meist ging sie dann einfach weg. Nur wenn man mehrfach sagte, was man von ihr wollte, hatte man Aussicht auf eine Antwort. In der Regel bestand diese aus einem einzigen Wort, mehr gebellt als gesprochen: »Nein!«

»Ist das Wetter nicht schön heute, Rosalie?« »Nein!«

»Geht's gut heute Rosalie?« »Nein!«

»Gehst du heute in die Stadt, Rosalie?« »Nein!«

»Kriegst du eigentlich gar keinen Besuch, Rosalie?« »Nein!«

»Hast du denn niemanden mehr, Rosalie?« »Nein!«

»Möchtest du vielleicht eine Zigarette, Rosalie?« »Jaaaa!!!«

Mit Zigaretten konnte man sie fast immer aus der Reserve locken. Zumal sie selbst nie welche besaß. Dabei war sie die Einzige auf der Station, die noch in der Lage war, alleine den steilen Hügel hinab in die Stadt zu gehen, um sich welche zu kaufen. Offenbar war eines noch größer als ihre Sucht: ihr Geiz. Die Taschen ihrer Kittelschürzen waren voller Kippen, die sie in der Stadt aufgelesen oder aus den Aschenbechern im Pflegeheim geklaubt hatte. Dazu drehte sie regelmäßig ihre Runden über die Flure der übrigen Stationen und drückte sich besonders gern in den Schwesternzimmern herum. Damit sie dort trotz ihrer mürrischen Art geduldet wurde, machte sie sich nützlich, indem sie beim Wäscheverteilen, bei der Essensausgabe und beim Abräumen half. Hin und wieder fielen dann eine Zigarette und manchmal sogar eine Tasse Kaffee für sie ab. Auf Kaffee war sie fast genauso scharf wie auf Zigaretten.

»Ich finde, sie hat manchmal richtig was Dämonisches im Blick. Und wenn sie bei der Nachtbeleuchtung hier durch die Gänge stromert, wird mir oft ganz anders. Fast wie ein Vampir. Dass die anderen einfach so wegsterben, scheint für sie fast so was wie ein Lebenselixier zu sein.«

»Daniel, du bist ein Kindskopf! Rosalie ist lediglich ein bisschen einfältig. Und sie mochte Ringdahl und die Bebels nicht. Das ist alles.«

»Aber sie hat doch Besorgungen für sie in der Stadt erledigt, hat Ringdahl immer seine Knoblauchpillen und der Bebels ihre Vitamindragees mitgebracht.«

Schwester Elfriede stutzte. »Ach, das ist ja ... das wusste ich ja gar nicht.« Sie wirkte irritiert. »Das ist ja ... das könnte ja ...«

»Was denn?« Daniel sah sie gespannt an.

»Nichts. Sie werden sie dafür bezahlt haben.«

Der Zivi schüttelte zweifelnd den Kopf. »Natürlich haben sie sie bezahlt. Aber dass du das nicht gewusst hast. Hast du nicht auch Einblick in die Finanzen der Alten gehabt, als du die Pflegedienstleiterin vertreten hast?«

»Na und! Muss ich deshalb alles wissen?« Elfriede zuckte die Achseln. »Ich will gar nicht alles wissen, was hier vorgeht. Was ich nicht weiß, macht mich nicht heiß. Ich frag dich ja auch nicht, was du für Trinkgelder von den Alten eingesackt hast. Vor allem von Ringdahl. Der schien ja richtig vernarrt in dich zu sein.«

Daniel schwieg und starrte angespannt auf den Überwachungsbildschirm, auf dem Rosalie zu sehen war, wie sie die Treppe zum zweiten Stock hoch schlich. Als sie unter der Kamera vorbeikam, hielt sie einen Moment inne, blickte auf und sah hinein, als wolle sie die für sie unsichtbaren Beobachter mit ihrem Blick durchbohren.

»Schau sie dir doch an!«, sagte der Zivi. »Du machst ja sonst keinen Nachtdienst, aber ich komme schließlich regelmäßig in den Genuss. Ich möchte mal wissen, was in der vorgeht, wenn sie so herumschleicht und einen so anglotzt.«

»Was soll schon in ihr vorgehen! Nichts, gar nichts geht in ihr vor«, stöhnte Elfriede. »Wahrscheinlich braucht sie eine Zigarette, das wird es sein.«

»Glaubst du, sie würde für eine Zigarette auch töten?«

»Sag mal, spinnst du jetzt total? Was soll denn das?« Elfriede wandte sich vom Bildschirm ab und starrte den blonden jungen Mann an. Ein phantasierender Milchbubi, ein Traumtänzer. Traumtänzer waren sie doch alle, diese Zivis. Schwester Elfriede hatte schon viele von ihnen auf der Station gehabt. Ihre hehren Ideale verboten es ihnen zur Bundeswehr zu gehen, weil sie keine Menschen töten wollten. Einfach lächerlich! Ihr Eduard war seit dreizehn Jahren beim Bund und hatte nie auch nur einer Fliege etwas zuleide getan. Im Ernstfall würde der doch lieber die Waffen und alle Viere von sich strecken. Kein Wunder, dass er es noch nicht weiter als bis zum Spieß gebracht hatte. Karoline war da zum Glück aus einem anderen Holz geschnitzt. Sie war zwar nicht Elfriedes leibliche Tochter, schlug aber eindeutig nach ihrer Adoptivmutter. Karoline fackelte nicht lange, wenn es darauf ankam.

»Zwei plötzliche Herztode innerhalb von zwei Wochen«, sagte Daniel und spielte verdrossen mit seinem blonden Pferdeschwanz. »Und beide waren eigentlich noch nicht an der Reihe!«

»Was heißt schon an der Reihe. Danach wird hier nicht gefragt. Das müsstest du doch allmählich gelernt haben.«

Daniel war immerhin schon so lange dabei, dass er zusammen mit einer erfahrenen Kraft die Nachtwache für das gesamte Pflegeheim übernehmen durfte. Nachtwache zu machen war bei den Zivis recht begehrt, weil es dabei abwechselnd eine Woche Dienst und eine Woche frei gab. Elfriede dagegen machte normalerweise überhaupt keine Nachtwachen mehr. Seit sie ihre eigene Station leitete und stellvertretende Pflegedienstleiterin war, tat sie sich so etwas nicht mehr an. Nur diesmal war es gewissermaßen unumgänglich geworden. Der krankheitsbedingte Ausfall von Minna Liedermann kam ihr gerade recht, um einige Dinge wieder ins Lot zu bringen.

»Wieso bekommt Rosalie eigentlich Medikamente?«, fragte Daniel. »Ich dachte, sie ist kerngesund?«

Elfriede musterte den Zivi kritisch. Der Junge ließ einfach nicht locker. Sie würde ihn sich einmal gehörig zur Brust nehmen müssen.

»Es ist Zeit für deine Runde«, sagte sie. »Schau vor allem noch mal nach dem alten Huberts von Station Zwei. Er versucht jetzt immer öfter auszurücken. Setzt einfach seinen Sonntagshut auf und marschiert am Pförtner vorbei nach draußen. Und dort verliert er dann die Orientierung und findet nicht mehr zurück. Das Beste wäre, ihn einfach hier auf die Geschlossene zu verfrachten, aber das bringen die Damen von der Zwei ja nicht übers Herz.«

Daniel stand auf und schickte sich an zu gehen.

»Ach, und wenn du Rosalie begegnest«, Elfriede runzelte die Stirn, »bitte lass sie in Ruhe!«

»Werd mich hüten, der in die Quere zu kommen«, sagte Daniel und verließ die gläserne Loge auf der Geschlossenen, in der die Nachtwache ihr Quartier zu beziehen hatte. Neben dem unvermeidlichen Fernseher gab es dort noch einen weiteren Bildschirm, auf dem das Treppenhaus und die Flure der verschiedenen Stationen überwacht werden konnten. Die

Zimmer waren allerdings nicht einsehbar. Wenn kein Alarm dazwischen kam, ging daher alle zwei Stunden eine Nachtwache durchs ganze Haus, um sich zu versichern, dass alles in Ordnung war. Es gab immer ein paar kritische Fälle, die besonderer Fürsorge bedurften, Bettlägerige, die umgebettet werden mussten, Verwirrte, die sich beim Gang auf die Toilette in ein fremdes Zimmer verlaufen hatten und ähnliches.

Elfriede setzte sich vor den Überwachungsbildschirm und beobachtete, wie Daniel die Tür der Abteilung auf- und dann sorgsam wieder hinter sich abschloss. Auf der Treppe begegnete ihm Rosalie. Fast schien es, als habe sie dort auf ihn gewartet. Er ging an ihr vorbei, und es sah aus, als beachte er sie gar nicht. Dann blieb er plötzlich stehen, eine Stufe unter ihr und schien sie anzusprechen. Dabei wirkte es auf Elfriede nicht so, als habe er Angst vor ihr. Ganz im Gegenteil: Es war eher Rosalie, die Angst hatte. Sie wich ein wenig vor ihm zurück und drückte sich mit dem Rücken an die Wand. Obwohl er eine Stufe unter ihr stand, war er größer als sie. Er streckte die Hand aus und schien ihr etwas zu geben. Leider konnte Elfriede auf dem unscharfen Schwarz-Weiß-Bildschirm nicht genau erkennen, was es war. Es sah aus wie eine Tablettenschachtel, mochte aber genauso gut auch ein Päckchen Zigaretten sein.

»Sieh mal einer an«, Elfriede pfiff durch die Zähne. »Wenn mich da nicht jemand ganz gehörig verscheißern will!«

Der Zivi redete nun eindringlich auf Rosalie ein, wobei sie sich noch fester an die Wand drückte, fast als wolle sie darin verschwinden. Schließlich nickte sie ein paar Mal schnell. Dann ließ er sie stehen und stieg weiter nach unten.

Vor Beginn der Runde war es üblich, noch auf ein kleines Schwätzchen beim Pförtner vorbeizugehen. Darauf hoffte Elfriede. Es würde ihr genügend Zeit lassen, sich mit Rosalie zu beschäftigen. Die Alte war mittlerweile weiter geschlichen und wartete schon vor der Tür der Geschlossenen. Elfriede ging und ließ sie herein.

»Was wollte der Milchbubi von dir?«, fuhr sie Rosalie an. »Was hat er dir gegeben?«

Die Alte glotzte nur.

»Hat er dir was gegeben, verdammt noch mal? Was war es?«

»Nein!«, bellte Rosalie.

»Was nein? Ich hab doch gesehen, dass er dir was zugesteckt hat? Also was war es?«

»Nein!«

»Rosalie! Ich warne dich!«

»Hab´s ihm gegeben.«

»Du hast ihm was gegeben? Was hast du ihm gegeben? Nun red schon, verdammt noch mal!«

»Tabletten.«

»Waaaas! Du hast ihm tatsächlich die Tabletten gegeben? Du hast ihm diese Scheißtabletten gegeben? Warum hast du das getan, verdammt noch mal?«

»Du willst mich tot.«

»Hat er das gesagt? Hat er dir das erzählt? Und du blöde Kuh glaubst ihm das auch noch? Warum zum Teufel sollte ich wohl so was wollen?«

»Ringdahl und Bebels«, bellte Rosalie.

»Ach!« Elfriede sah die Alte lauernd an. »Ich habe gehört du hast für Ringdahl und die Bebels in der Stadt Tabletten besorgt. Knoblauchpillen und Vitamintabletten, was?«

Rosalie starrte nur trotzig vor sich hin.

»Wie schmecken sie denn so, die Vitamintabletten von der Bebels?«

»Ich will Zigaretten!«, bellte Rosalie. »Und Kaffee!«

Elfriede zuckte es in der Hand. Dann riss sie sich zusammen und seufzte. »Okay, komm mit.«

Sie ging voraus in die gläserne Loge des Schwesternzimmers. Während sie nach ihren Zigaretten auf dem Tisch vor dem Überwachungsbildschirm griff, beobachtete sie Daniel, wie er aus dem Zimmer von Herta Schöne auf der Eins kam. Rosalie hantierte derweil an der Kaffeemaschine herum und verhalf sich eigenmächtig zu einem Becher des rabenschwarzen Gebräus. Die Kaffeemaschine im Schwesternzimmer kam während der Nachtwachen praktisch nie zur Ruhe, und Rosalie schien sich hier wie zu Hause zu fühlen.

Elfriede sah, dass Daniel inzwischen im nächsten Zimmer verschwunden war. Es würde eine Weile dauern, bis er wieder herauskam. Hanna Birnbaum musste umgebettet werden. Elfriede wandte sich wieder Rosalie zu.

»Also, was ist nun mit den Tabletten? Du hast sie also dem Zivi gegeben?«

Sie hielt Rosalie die Schachtel mit den Zigaretten hin. Rosalie zögerte. Sie stellte ihre noch volle Kaffeetasse vorsichtig auf der Anrichte neben der Spüle ab.

»Warum zum Teufel hast du ihm das Zeug gegeben?«

Rosalie schnappte nach der Schachtel, Elfriede war schneller und zog sie zurück.

»Hat mir Zigaretten gegeben.«

Elfriede seufzte. »Aber ich hab dir doch gesagt, wie wichtig es ist, dass du die Tabletten nimmst. Gerade weil du soviel rauchst. Und du gehst hin und tauschst sie gegen Zigaretten! Was hat er denn gesagt, warum er die Tabletten haben will?«

»Ringdahl!«

Elfriede schüttelte den Kopf. »Weißt du Rosalie, allmählich machen wir uns wirklich Sorgen um dich.« Sie ging zur

Kaffeemaschine und goss sich ihren Becher voll. »Karoline spricht oft von dir. Schließlich bist du ihre letzte lebende Verwandte. Sie hat nur nicht soviel Zeit vorbeizukommen, wegen des Studiums und so... Und außerdem bin ich ja sowieso immer hier, wenn was ist...«

Sie nippte vorsichtig an ihrem Kaffee, nahm dann einen tüchtigen Schluck. »Du hast die Tabletten vertauscht, nicht wahr Rosalie? Du hast sie Ringdahl und Bebels gegeben und dafür die Vitamintabletten und die Knoblauchpillen behalten, nicht wahr? Das Zeug schmeckt ja alles nach nichts und sie haben den Unterschied gar nicht bemerkt, was?«

Rosalie starrte sie an.

»Rosalie, weißt du, was du da gemacht hast! Ringdahl und Bebels konnten das Zeug nicht vertragen! Was für dich Medizin gewesen wäre, war für die beiden das pure Gift!«

Rosalie starrte sie nur weiter an und schwieg beharrlich.

»Ich werde nichts verraten«, sagte Elfriede und spürte dabei ein unangenehmes Ziehen in der Magengegend. »Aber du musst mir versprechen, dass du die Tabletten auch nimmst, die ich dir gebe. Versprichst du mir das?«

Rosalie schwieg.

Elfriede packte sie an den Schultern. »Rosalie! Versprichst du mir das?« Sie hielt ihr die Zigarettenschachtel hin. »Ich muss die Sache sonst an die Heimleitung weitergeben.«

Rosalie nahm die noch mindestens halbvolle Schachtel und nickte.

»Okay«, seufzte Elfriede. Das Ziehen in der Magengegend war vorüber, aber irgendwie hatte sie plötzlich ein überwältigendes Verlangen nach frischer Luft. Die Luft im Schwesternzimmer schien förmlich zu stehen. Rosalie stank wie eine qualmende Kloake. Elfriede zog ein unbeschriftetes, weißes Tablettenröhrchen aus der Kitteltasche. »Hier, eine vor jeder

Mahlzeit genügt schon. Sie schmecken wirklich nach nichts und sind für dich vollkommen ungefährlich. Und jetzt solltest du schlafen gehen. Ich bring dich raus.«

Während Elfriede die Tür der Geschlossenen hinter Rosalie wieder abschloss, ertönte ein dumpfer Schlag, gleich darauf ein zweiter. Elfriede zuckte zusammen, obwohl sie genau wusste, was es war.

»Du warst nicht artig!«, grollte eine strenge Bassstimme, bemüht, noch tiefer zu klingen als sie es ohnehin schon tat.

Elfriede seufzte. In ihrer Brust schien sich etwas zusammenzuziehen. Der hatte ihr gerade noch gefehlt.

»Das gefällt mir aber gar nicht, wie du mit der alten Dame umgegangen bist. Du bist ein ganz ungezogenes Mädchen!«, grollte der Bass.

Elfriede drehte sich um. Hinter ihr stand der Nikolaus, zumindest hielt er sich dafür, wenn es nachts wieder mal mit ihm durchging und der Kalk allzu stark rieselte. Er war früher eine Art Berufsnikolaus gewesen, hatte auch im Sommer in einem Spezialgeschäft für Weihnachtsartikel gejobbt und konnte sich auf seine alten Tage nur noch schwer von seiner Rolle trennen. Das Größte für ihn war, wenn er bei der Weihnachtsfeier in sein altes Kostüm schlüpfen und mit dem selbst gebastelten Bischofsstab in der Hand den alten Leutchen und dem Personal nach Herzenslust die Leviten lesen durfte.

»Nikolaus«, sagte Elfriede begütigend, »es ist schon spät und du hast sicher schon viele Menschen in dieser Nacht besucht. Willst du nicht Feierabend machen? Ich gelobe auch feierlich, mich zu bessern.«

»Das will ich hoffen«, sagte der Nikolaus und verzog plötzlich das von einem langen weißen Bart eingerahmte Gesicht zu einer hässlichen Grimasse.

Elfriede kannte seine Grimassen. Seit er unter einer leichten Epilepsie litt, hatte er hin und wieder solche Anfälle. Trotzdem wurde ihr jetzt bei seinem Anblick übel. Ihr Herz schien sich krampfhaft zusammenzuziehen.

Hinter ihr ging die Tür auf.

»Oh«, sagte Daniel und verfiel dann in einen leichten Singsang: »Nikolaus ist ein guter Mann, hat blaue Schlafanzughosen an ...«

»Ja«, sagte Elfriede, »und geht jetzt artig ins Bett!«

Damit schob sie den alten Mann kurzerhand vor sich her in sein Zimmer, wo sie den kaum noch Widerstrebenden resolut ins Bett verfrachtete. Danach keuchte sie und musste eine Minute verschnaufen. Ihr Herz raste. Vielleicht rauchte sie auch zu viel. Zu viele Zigaretten, zu viel Kaffee.

Als sie zurück in die Schwesternloge kam, stand Daniel mit einem Kaffeebecher in der Hand an der Spüle und sah ihr herausfordernd entgegen. »Rosalie war hier«, sagte er.

»Na und?«

»Ich habe mit ihr gesprochen.«

»Ich weiß.«

»Sie hat mir die Tabletten gegeben, die du ihr verabreicht hast.«

»Daniel, was soll das? Du weißt genau, dass ich keine Tabletten verabreichen darf. Nur der Arzt darf das. Ich habe Rosalie lediglich ein paar Anti-Raucherpillen empfohlen, keine Medikamente. Im Übrigen geht dich das einen feuchten Kehricht an!«

»Ja«, sagte Daniel, »schließlich bist du ja auch mit ihr verwandt!«

Elfriede spürte wieder das Ziehen in der Brust und verzog unwillkürlich das Gesicht. »Was willst du? Warum schnüffelst du in Dingen herum, die dich nichts angehen?«

»Und du, warum machst du ein Geheimnis daraus, dass deine Tochter Rosalies Großnichte ist? Da wird's doch wohl nicht etwa noch was zu erben geben? Bei Rosalies Geiz gar nicht so abwegig. Nur müsst ihr euch jetzt beeilen, bevor die Heimkosten alles auffressen, wie?«

Elfriede wurde schwindlig. »Gib mir die Tabletten«, stöhnte sie. »Sofort!«

Daniel grinste. »Ich habe sie nicht dabei.«

»Ich habe genau gesehen, wie Rosalie sie dir vorhin auf der Treppe gegeben hat«, keuchte Elfriede.

»Ach das, das waren nur die Zigaretten, die ich ihr dafür versprochen hatte.« Er lachte und nahm einen ordentlichen Schluck von seinem Kaffee. »Ist auch gar nicht nötig, so ein Gewese um diese Tabletten zu machen. Ich habe sie untersuchen lassen. Es waren nur ganz stinknormale Knoblauchpillen und ein paar Vitamintabletten.«

Vor Elfriedes Augen begann alles zu verschwimmen.

»War ja auch nicht anders zu erwarten«, redete Daniel weiter, »schließlich hat Rosalie sie mit den tödlichen Tabletten vertauscht.«

Draußen war plötzlich wieder der Nikolaus. Er klopfte mit seinem Stab an die Scheibe der Loge. Elfriede war es egal. Ihr wurde schwarz vor Augen.

»Und ich kann dich beruhigen«, sagte Daniel höhnisch, »wenn sie noch welche von den Dingern übrig hatte, mir hat sie sie jedenfalls nicht gegeben. Aber dran krieg ich dich trotzdem...«

Elfriede fasste sich ans Herz.

»Was ist mit dir?«, fragte Daniel kalt.

»Der Kaffee ...«, ächzte Elfriede.

»Der Kaffee, was ist mit dem Kaffee?« Er schaute fragend auf die fast leere Tasse in seiner Hand.

»Rosalie ... der Kaffee«, wimmerte Elfriede und sank vom Stuhl. »Der Kaffee ... die Tabletten ...«

Daniel starrte auf die Tasse in seiner Hand. Und während draußen der Nikolaus wild grimassierend gegen die gepanzerte Scheibe polterte, brach ihm langsam der kalte Schweiß aus.

# Der schwarze König

Am Morgen des 7. Januar 1948 gegen 5.30 Uhr fand der Knecht Hubertus Stangassinger im Heustadel des Fürtner-Hofes in der Gemeinde Hirschenbach die Leichen zweier Männer.

Wie gewöhnlich war er nach dem ersten Hahnenschrei als Erster aufgestanden, um die Tiere zu versorgen. Er musste die Arbeit allein machen, denn der alte Bauer kam mit seinem steifen Bein morgens meist nur schwer in die Gänge, und die Fürtner-Söhne waren beide in Frankreich gefallen. Auch sonst war der Krieg nicht spurlos an einem der ehemals reichsten Höfe der Gegend vorübergegangen. Stangassinger hatte nicht mehr allzu viel Mühe, die im Stall verbliebenen Rindviehcher und Schweine noch vor dem Frühstück abzufertigen.

Als er an diesem Morgen die Leiter des Heustadels erklomm, ging sein Blick sofort in die Ecke, in der sich die drei Männer, ihr Lager hergerichtet hatten. Es war so üblich, dass sie die Nacht nach Epiphanie hier verbrachten, aber heute war es anders als sonst.

Die verstaubte Glühlampe hoch oben an der Decke des Stadels warf nur trübes Licht, in dessen Schein Stangassinger sich langsam auf die Männer zu bewegte. Trotz aller Vorsicht stolperte er. Sein Körper versteifte sich, sein Puls jagte. Seine Blicke hetzten umher, ehe sie endlich am Boden hängenblieben: Nur der knorrige Stock mit dem angeklebten Pappstern! Er bückte sich und hob ihn auf.

Obschon die Bäuerin den Männern gegen die Kälte ein paar alte Decken gegeben hatte, hatten sie es vorgezogen auch noch in den Kleidern zu schlafen. Oder sie waren schon zu betrunken gewesen, um sie abzulegen. Unter den Decken kamen Teile der bunten Lumpen zum Vorschein, die wohl in ihren Augen malerisch genug waren, um damit als Könige aus dem Morgenland durchzugehen. Für die Kinder hatte es gereicht. Ihre aufgeregten Rufe hatten Stangassinger aus dem Stall gelockt, und er hatte zusammen mit ihnen und ihrer Mutter den holprig vorgetragenen Liedern und Versen zugehört. Der alte Fürtner war erst später aufgetaucht. Als es ans Bezahlen ging.

Stangassinger schluckte schwer. Mit Grausen starrte er auf die beiden Männer hinab. Der Kogler-Franz hatte sich die Bartspitzen mit Schuhwichse zurechtgezwirbelt und eine Krone aus Goldpapier aufgesetzt, die nun zerknittert neben ihm im Heu lag. Die rot-blau karierte Kittelschürze, die er dazu über dem Wams trug, hatte sicher früher einmal seiner Frau gehört.

Der Binsegger-Michel, der neben dem Franz lag, hatte sich ein paar riesige bunte Clips an seine Ohrwascheln geheftet und auch im Schlaf nicht abgelegt. Dazu hatte er sich ein großes, grün-weiß gestreiftes Handtuch als Turban um den Kopf geschlungen. Das Tuch war ihm verwegen in die Stirn gerutscht, sodass er nun eher wie ein Pirat als wie einer der Heiligen Drei Könige aussah.

Ein toter Pirat! An seiner Kehle klaffte eine entsetzliche Wunde. Desgleichen an der Kehle des Kogler-Franz. Das Heu um die beiden Männer war mit Blut getränkt. Zwei magere Ratten machten sich erst davon, als Stangassinger mit dem Stern nach ihnen schlug.

Kurz nach halb sechs am Morgen des 7. Januar 1948 stürmte nach Aussage des Gutsbesitzers Josef Fürtner und seiner Schwiegertochter, der Witwe Elsbeth Fürtner, der auf ihrem Hof beschäftigte Knecht Hubertus Stangassinger ins

Haus und brüllte dabei aus Leibeskräften: »Der Kreidl, der Sauhund, der leidige, der hat heut Nacht seine Kumpan hingeschlacht!«

Elsbeth Fürtner war noch nicht fertig angezogen und gerade dabei, das Feuer im Ofen zu schüren. Mit dem Schürhaken in der Hand riss sie die Tür zum Flur auf und sah sich dem schreienden Knecht gegenüber.

Stangassinger war ein Kerl wie ein Baum mit Händen wie Schaufelblättern. In seiner dicken Winterkleidung wirkte er noch ungeschlachter als sonst. Von seinen klobigen Stiefeln lösten sich Schneebrocken. Die struppigen, rotblonden Haare loderten im Schein der Flammen unter der dunklen Strickmütze hervor, sein Gesicht war gerötet. Ob von der Kälte oder der Schreierei vermochte Elsbeth nicht zu entscheiden. Er verstummte und starrte sie an. Fröstelnd raffte sie mit der freien Hand das Hemd über der Brust zusammen.

»Was brüllst da schon in aller Herrgottsfrüh herum wie a angestochener Ochs?« Der alte Fürtner war aus der Stube gekommen, wo er sich seit einigen Jahren ein Bett auf der Ofenbank richtete, damit er nicht mehr die Treppe zu den Schlafräumen hinauf musste. Die Hosenträger hingen ihm noch an den Seiten herab. Er hielt sich gebückt, stand aber Stangassinger was die Größe anbelangte nicht viel nach. Missbilligend betrachtete er sowohl den Knecht als auch seine Schwiegertochter.

»Der Binsegger und der Kogler liegen tot im Stadel, aufgeschlitzt wie die Säu. Und der Kreidl ist fort!«

Elsbeth erbleichte.

»Noch mal ganz langsam«, sagte der Bauer. »Was ist los?«

»Der Kogler und der Binsegger liegen droben im Heu«, wiederholte Stangassinger nun mit erstaunlicher Ruhe. »Beide die Häls durchgeschnitten. Und der Kreidl ist fort!«

»Den Wenninger«, sagte Elsbeth, »wir müssen den Wenninger holen.«

Der Alte runzelte die Stirn. »Erst das Vieh! Geh Hubert und mach deine Arbeit zuend! Und ich schau dann mal, was da auf dem Stadel los ist.« Gemächlich zog er die Hosenträger über die Schultern.

Am Treppenabsatz erschienen zwei schlotternde, kleine Gestalten in weißen Nachthemden.

»Karli, Anna, ihr verschwindet sofort wieder nach droben und zieht euch an!«

Die Kinder verschwanden ohne das geringste Murren, obwohl Elsbeths Ton weniger energisch als besorgt war.

»Vater«, sagte sie dann, »Quäl dich net die Leiter hoch! Und der Wenninger, der muss sofort her. Füttern kann ich auch. Der Hubert soll sich sputen und die Skier nehmen!«

Gegen 8.00 Uhr trafen der Knecht Hubertus Stangassinger und Wachtmeister Alois Wenninger von der Polizeidienststelle Hirschenberg auf dem Fürtner-Hof ein, wo sich Wenninger sofort daran machte, die Leichen und den Ort der Bluttat zu inspizieren.

Unter den vielen Spuren, die im Schnee rings um den Heustadel zu finden waren, fand er eine, die noch nicht sehr alt sein konnte und in schnurgerader Richtung vom Hof weg nach Osten führte. In dieser Richtung lag nur noch der Hell-Hof, auf dem die Hellbergerin allein mit ihrer kranken Mutter und sieben, meist noch halbwüchsigen Kindern hauste.

Wenninger entschied, dass keine Zeit zu verlieren sei, verpflichtete Stangassinger als Helfer, empfahl dem Fürtner-Bauern äußerste Wachsamkeit und machte sich dann zusammen mit dem Knecht unverzüglich an die Verfolgung des Tatverdächtigen.

Gegen 10.30 Uhr langten sie auf dem Hell-Hof an, vor dem sich die Fährte in einem Gewimmel von Ski- und Schlittenspuren und Fußstapfen der unterschiedlichsten Größen verlor.

Zielstrebig steuerte Wenninger auf das Wohnhaus zu, als ein dünnes Kinderstimmchen hinter einer Schneewehe hervortönte: »Wenn s' den Schwarzen sucht, der steckt in der Scheun!«

Wenninger fuhr herum, aber das kleine, in dicke Wollsachen gepackte Mädel, dem das Stimmchen gehörte, verschwand so schnell hinter dem Holzschuppen, dass er erst einmal darauf verzichtete, ihm zu folgen und lieber sogleich dem Hinweis nachging.

Er gebot Stangassinger am Eingang zu warten und drang mit schussbereitem Karabiner langsam Schritt für Schritt in die Scheune vor. Ein schmerzverzerrtes Ächzen ließ ihn zuerst zusammenfahren, dann schneller gehen. Hinter einem unübersichtlichen Berg aus alten Kisten, Weidenkörben und Eimern, den offenbar die Kinder im Spiel zusammengetragen hatten, lag auf einem Stapel leerer Säcke der flüchtige Schuster-Geselle Valentin Kreidl. Er trug immer noch den billigen Faschingsflitter, mit dem er sich als Mohrenkönig Kaspar herausstaffiert hatte. Sein Gesicht war dick mit schwarzer Schuhwichse eingeschmiert. Im Übrigen war er halb erfroren und sein linker Knöchel stark angeschwollen, sodass er sich nur noch humpelnd fortbewegen konnte. Er wehrte sich auch gar nicht weiter gegen die Festnahme, bestritt allerdings vehement, das Geringste mit dem Mord an seinen beiden Kumpanen zu tun zu haben.

Die Blutspuren auf seinen Kleidern müssten daher rühren, dass er unmittelbar neben dem Kogler gelegen habe, als diesem der Garaus gemacht worden sei. In der Nacht sei er nämlich plötzlich durch ein Röcheln neben sich wach geworden und habe eine geisterhafte Gestalt gesehen, die sich über den Kogler gebeugt habe. Grässlich sei es gewesen. Eine zottige, riesenhafte Erscheinung mit finsterem Gesicht. Er habe nur noch denken können, das müsse wohl wahrhaftig einer jener Dämonen sein, die in den Raunächten von den umherziehenden Perchten mit ihren fratzenhaften Holzmasken vertrieben werden sollten.

Als sich die Gestalt auch ihm zuwandte, sei er zuerst wie gelähmt gewesen, dann als sie nach ihm gegriffen habe, sei ein Blitz aus ihrer Hand geschossen. Im letzten Augenblick habe er sich zur Seite geworfen und zur Leiter hingerollt. Der Dämon habe vor Wut gebrüllt wie ein Stier. Da sei er vom Stadel runtergesprungen, einfach ins Dunkel. Dabei habe er sich den Knöchel verstaucht. Höllisch wehgetan habe das, aber er habe keine Zeit gehabt, sich darum zu kümmern, denn der Dämon sei schon oben an der Leiter aufgetaucht. Da habe er sich weitergeschleppt. Aus dem Stadel und dann einfach immer Richtung Osten, weil da die Sonne aufgehe und die Dämonen doch Geschöpfe der Finsternis seien. Aber wie er diesem letztendlich ausgekommen sei, wisse er selbst nicht so genau. Nur, dass vor dem Stadel ein Engel des Herrn in weißem Gewand gestanden habe, und der müsse ihn wohl beschützt und den Dämon aufgehalten haben.

»Das ist ja wirklich eine tolle Geschichte, Wenninger«, sagte Inspektor Kleemann, ohne aus den Protokollen des Dorfpolizisten aufzusehen. »Warum kann ich mich des dumpfen Gefühls nicht erwehren, dass dabei nicht nur der Tatverdächtige hinkt?«

»Na, der Bauer ja auch, wenn ich mir die Bemerkung erlauben darf«, sagte Wenninger.

Kleemann blickte überrascht auf. Wenninger verzog keine Miene. Kleemann war aus der Kreisstadt in dieses Nest beordert worden, um den Fall zu untersuchen. Allein. Man hatte ihm gesagt, er solle sich an Wenninger halten. Das sei ein fähiger Mann und der Fall ja ohnehin schon so gut wie gelöst. Kleemann legte den Kopf schief, zog die Brauen zusammen und den rechten Mundwinkel nach unten.

Wenninger grinste.

»Erzählen Sie mir noch mehr über die drei Männer!«, sagte Kleemann.

»Die Könige? Das sind ganz arme Schlucker. Der Kogler hatte vor dem Krieg einen gutgehenden Schusterbetrieb, in dem der Kreidl als Geselle gearbeitet hat. War auf Bergstiefel spezialisiert und hat auch für die Gebirgsjäger gearbeitet. Deshalb war er im Krieg auch uk.-gestellt. Dann ist seine Frau, die Koglerin, bei einem Besuch ihrer Schwester in Augsburg durch einen Bombenangriff getötet worden. Von da an ging's mit ihm nur noch bergab. Er hat ihren Tod nicht verwinden können und das Saufen angefangen. Zusammen mit seinem Gesellen und dem Binsegger war er Stammgast im ,Wilden Eber' in Hirschenberg.«

»Und der Binsegger?«, fragte Kleemann. „Was war mit dem?«

»Der hat eigentlich nie was getaugt. War, wenn Sie mich fragen, irgendwie auch nicht ganz richtig im Kopf. Und als er dann aus Frankreich zurückkam, hat er das bisschen Hirnschmalz, was er vielleicht mal hatte, auch noch versoffen. Sein Bruder hat ihn vom Hof gejagt, weil er nix angepackt hat. Na ja, halt außer der Flasche eben. Und den Mägden. Von denen konnt er die Finger nie lassen.

Damals in Frankreich war er übrigens zusammen mit den Buben vom Fürtner. Fleißige Burschen. Aber die Fürtners sind gefallen, der Binsegger kam zurück. Ein Nixnutz wie er im Buche steht. Er ist dann beim Kogler untergekrochen. Und dort müssen die drei dann eine ganz jämmerliche Wirtschaft geführt haben.«

»Wovon haben sie denn gelebt?«

Wenninger zuckte die Achseln. »Hin und wieder hatte der Kogler wohl schon noch was zu tun. Der Kreidl hat ab und an Gelegenheitsarbeiten angenommen. Und dem Binsegger hat wohl manchmal seine Mutter noch was zugesteckt. An Dreikönig war dann immer ihr großer Tag. Da sind s' dann als Sternsinger von Hof zu Hof gepilgert. Aber gekriegt haben s' eigentlich nirgendwo viel. Nur auf dem Fürtner-Hof.«

Kleemann runzelte die Stirn, aber Wenninger ließ sich davon nicht stören.

»Da haben s' immer die letzte Station gehabt. Der Bauer hat ihnen ordentlich aufgetischt und eingeschenkt, und dann haben sie gewöhnlich dort im Stadel übernachtet. Vielleicht hat er es gemacht, weil der Binsegger zusammen mit seinen Buben im Krieg war, weiß der Herrgott!«

Kleemann nickte. »Ja, der wird's wissen.«

»Was?«

»Wenninger, was glauben Sie wohl, was mich an dieser Geschichte am meisten stört?«

»Hm, vielleicht dass der Kreidl die ganze Fresserei hat liegen lassen?«

Kleemann überlegte einen Moment. »Ja, sicher, das natürlich auch.« Den Sack mit Brot, Butter, Speck und Würsten, der neben den Leichen gelegen hatte, hätte er fast vergessen. Er lachte auf. Der Fall sei so gut wie gelöst, von wegen! Es gab noch viele Fragezeichen. »Warum«, sagte er, »hat der Kreidl die beiden nicht mit seinem eigenen Messer ermordet, diesem Schustermesser, das Sie bei ihm gefunden haben?

Warum hat er sich die Mühe gemacht und das Schlachtermesser aus dem Stall benutzt, das er ja noch irgendwie ungesehen von den anderen mit hinauf auf den Stadel nehmen musste?«

Wenninger sah ihn aufmerksam an. »Sie glauben, er war's gar nicht, stimmt's? Aber dieses Märchen vom Dämon glauben Sie auch nicht.«

»Wissen Sie Wenninger, um sich Dämonen vorzustellen, bedarf es wahrlich keiner großen Phantasie, wenn gerade erst die Perchten mit ihren wilden Masken durch die Raunächte getobt sind. Was ich aber für mein Leben gern wissen würde, ist, wie so ein Engel des Herrn wohl aussehen mag.«

»Soll ich den Kreidl noch mal…?« Wenninger sah ihn fragend an.

»Ja, seien Sie so gut und führen Sie mir den Burschen doch mal vor!«

Was wünschen wir den Herrschaften zum neuen Jahr?
Was wir auch wünschen, das wird auch wahr!
Wir wünschen ihnen einen goldenen Tisch,
an jedem Eck einen gebackenen Fisch,
in der Mitt' a Glas Wein
die Heiligen Drei Könige schenken dann ein!
Die Heiligen Drei König mit ihrem Stern,
die essen und trinken und zahlen nit gern.
Wo die Heiligen Drei König werd'n g'sprochen,
wird keiner g'haut und keiner g'stochen,
Wo die Heiligen Drei König werden g'nennt,
wird kein Haus und Stadel abbrennt.

»Na wunderbar«, sagte Kleemann. »Und für das Gestammel hat Ihnen der Fürtner jedes Jahr aufgetischt, als gäb's kein morgen mehr, und obendrein noch jede Menge Fressalien zugesteckt?«

Unter seinen bohrenden Blicken wurde der schwarze König vollends zu einem Bild des Jammers.

»Ich will gar nicht dran denken, was der Sack augenblicklich auf dem Schwarzmarkt bringen würde«, fuhr Kleemann fort, »aber Sie konnten das Zeug ja wahrscheinlich nicht mehr sehen. Sie waren schließlich noch vollgestopft bis zum Erbrechen. Deshalb haben Sie nur die halbe Stange Ami-Zigaretten mitgenommen. Was meinen Sie, was die wohl wert sind, Wenninger?«

Der Gefragte zuckte die Achseln. »600 Reichsmark, vielleicht sogar 700? Aber die Papierfetzen will doch eh keiner mehr haben.«

»Ja, die will doch eh keiner!«, echote Kreidl mit plötzlicher Begeisterung. Offensichtlich war ihm etwas eingefallen. »Wenn ich die beiden umbracht hätt, wär ich doch saublöd gewesen, wenn ich net auch den Sack mitnommen hätt, oder net?«

»Ach«, winkte Kleemann ab, »vielleicht war er Ihnen ja zu schwer. Oder das viele Blut ist Ihnen auf den Magen geschlagen und hat Ihnen die Fresslust erst mal verleidet.«

»Und der Kaffee, die Schokolad und die anderen Stangen…?«, ereiferte sich Kreidl, der den Spott in Kleemanns Stimme völlig überhört hatte.

Der Inspektor runzelte die Stirn und sah fragend zu Wenninger hin.

Der zuckte wieder nur die Achseln.

»Aber ich bin doch net so a Depp!« Kreidl verstand die Welt nicht mehr, er weinte jetzt fast. »Bittschön, ihr werdet mich doch net für so damisch halten, oder?«

Wenninger grinste.

»Nein«, sagte Kleemann, »für ›so damisch‹ nicht.« Er sah, wie sich Kreidls Züge ein wenig entspannten. »Aber wie wär's denn, wenn Sie uns nun endlich mal erzählen würden, wofür Sie den ganzen Kram eigentlich bekommen haben?«

»Na ja«, Kreidl seufzte. »So genau weiß ich des ja auch net. Der Kogler und der Binsegger haben da immer was faselt von einem Flieger… Und weil doch letztes Jahr der große Prozess gewesen wär, haben s' meint, da müsst der Fürtner diesmal so richtig bluten…«

»Letztes Jahr in Landsberg«, sagte Wenninger, nachdem er Kreidl wieder in die improvisierte Zelle im Keller gebracht hatte, »da sollen s' mehr als 30 Mann hingerichtet haben. Alle wegen solcher Lynchmorde, wie s' das in den Prozessen genannt haben.«

Kleemann nickte. »Und Fürtner?«

»Ich kenn die Geschichte auch nur vom Hörensagen. Es heißt, als der Ami damals kurz vor Kriegsende in der Nähe von seinem Hof runtergegangen ist, seien er und der Kogler als erste an der Absturzstelle gewesen. Ein regelrechter Lynchmord war das also bestimmt nicht.«

»Und? Trauen Sie es ihm zu?«

Wenninger wiegte den Kopf hin und her. »Eigentlich nicht…«

»Und uneigentlich?«

»Na ja, nur ein paar Wochen vorher hat er die Nachricht bekommen, dass auch sein zweiter Sohn in Frankreich gefallen ist… «

Kleemann kniff die Augen zusammen. »Sie meinen, er wollte sich rächen und hat beim Ableben des Fliegers ein wenig nachgeholfen?«

»Ich mein gar nix.«

»Und der Kogler hat ihn damit erpresst. Zusammen mit dem Binsegger. Nur haben die beiden den Bogen diesmal überspannt. Das würde einiges erklären, beispielsweise auch das Schlachtermesser.«

Wenninger schüttelte den Kopf. »Und wie ist der Alte mit seinem steifen Bein mitten in der Nacht die Leiter raufgekommen? Hätt's da nicht vielleicht auch eine bessere Gelegenheit gegeben?«

»Geschafft hätte er das aber bestimmt.«

»Und warum hat ihn der Kreidl nicht erkannt?«

»Weil's stockfinster war und er sich vermummt hatte.«

»Trotzdem«, brummte Wenninger, „irgendwie hinkt da für mich immer noch was.«

Kleemann nickte. »Mich würde ja zum Beispiel auch brennend interessieren, was aus dem Kaffee, der Schokolade und den restlichen Zigaretten geworden ist, von denen der Kreidl vorhin gesprochen hat. Was sagen Sie denn dazu, Wenninger?«

»Davon weiß ich nichts, Gott bewahre!« Die unbefangene Art des Dorfpolizisten schien wie weggeblasen. Er wirkte plötzlich besorgt.

Kleemann musterte ihn eingehend. Dann nickte er wieder. »Ich denke, es ist an der Zeit, endlich mal ein ernstes Wörtchen mit dem Engel des Herrn zu sprechen.«


»Also, nun erzähl uns doch bitte noch mal ganz genau, was du in der Nacht gesehen hast«, sagte Wenninger.

Kleemann hatte ihn gebeten, das Sprechen zu übernehmen, weil die Fürtners ihn besser kannten. Trotzdem ließ Elsbeth Fürtner den Inspektor nicht aus den Augen.

»Ich wollt halt die Könige noch mal anschauen«, sagte Karli. »Die Anna wollt eigentlich auch mit, aber als es dann ernst worden ist, hat s' sich doch in die Hosen macht wegen dem Schwarzen. Da bin ich halt allein gangen. Sie ist halt eben doch nur a Mädel.«

Kleemann lachte und fing sich dafür einen bösen Blick von Elsbeth Fürtner ein.

»Weiter, bitte Karli, du machst das ganz prima«, sagte Wenninger.

»Ich bin dann halt runtergangen und wollt rüber zum Stadel. Ich mach die Tür auf und da hör ich doch, wie schon vor mir einer übern Hof schleicht.«

»Und dann waren da plötzlich sogar zwei Schwarze?«, fragte Wenninger ungeduldig.

»Nein, da war immer nur einer.«

»Ja, sicher. Ich mein ja auch nur, dass der, den du da gesehen hast, wie er in den Stadel geschlichen ist, dass das eben nicht der schwarze König war?«

»Ja, hab ich doch schon sagt. Der König ist erst später aus dem Stadel kommen. Und gehinkt hat er. Und hat's mächtig eilig gehabt. Deshalb hat er mich wohl auch gar net sehen, obwohl er direkt an mir vorbei ist. Und vorher hat's drinnen noch einen tüchtigen Bums getan, grad wie wenn einer mit Macht wo runterplumpst. Und geschrieen hat einer, grad wie a angestochener Ochs…«

»Und der Mann, den du in den Stadel hast hineingehen sehen«, mischte sich Kleemann nun doch ein, »der hatte sich auch das Gesicht geschwärzt?«

Karli nickte.

»So, dass du ihn nicht erkennen konntest? Aber der schwarze König war's nicht, da bist du ganz sicher?«

Wieder Nicken. »Der hatte ja doch das Gewand an!«

»Kannst du dich vielleicht noch dran erinnern, ob der Mann auch gehinkt hat?«

Karli blickte den Inspektor achtsam an, zögerte.

»Nun überleg mal!«, sagte Elsbeth Fürtner.

Der Junge sah zu seiner Mutter hin. Dann schüttelte er langsam den Kopf.

Die Festnahme verlief nicht ohne Gegenwehr. Als Kleemann ihm auf den Kopf zusagte, dass er ihn des Doppelmordes an Kogler und Binsegger für schuldig halte, unternahm er gar nicht erst den Versuch zu leugnen, sondern schlug sofort zu.

Der gewaltige Hieb schleuderte den Inspektor gegen die Wand, wo er wie eine Lumpenpuppe zusammensackte.

Wenninger stürzte sich von hinten auf ihn und versuchte seine Arme festzuhalten, wurde aber fast mühelos mit zwei, drei kurzen Bewegungen abgeschüttelt.

Kleemann hatte sich indessen wieder aufgerappelt, zog den schweren Dienstrevolver, doch der Hüne war schneller und schlug ihm die Waffe aus der Hand. Der nächste Hieb schickte den Polizisten erneut zu Boden.

Nun war wieder Wenninger an der Reihe. Im Aufstehen griff er sich den Schemel, neben den er gestürzt war und schwang ihn über den Kopf. Doch bevor er damit zuschlagen konnte, klappte Stangassinger vor ihm zusammen.

Wenninger fuhr herum. Neben ihm stand Elsbeth Fürtner mit dem Schürhaken in der Hand.

»Der Drecksack hat's net besser verdient. Auf Lichtmess wollt er sowieso gehen und uns einfach im Stich lassen. Bloß weil er mich net kriegt hat.« Sie ließ den Haken achtlos auf den Boden gleiten. »Er muss gesehen haben, wie der Vater den drei Lumpenhund die Säckel gefüllt hat.«

Kleemann beugte sich über Stangassinger. Der Knecht hatte eine hässliche Platzwunde am Kopf, lebte aber noch.

»Was wird nun mit dem Vater?«

»Ich weiß es nicht«, sagte Kleemann und richtete sich wieder auf. »Das haben wir nicht zu entscheiden.«

# BERTOLT BRICHT

»Geh, setz di her und trink noch a Goiß mit uns«, blökte der Alois und entblößte dabei grinsend seine vom Kautabak gebräunten Zahnruinen.

»Heut nicht, ich hab noch was vor.«

»Geh, Bertolt, du hast doch erst letzte Woch was vorgehabt! Hält di Vroni di neuerdings so kurz, dass d' scho nach der zwoaten Maß hoamgehen muasst? Oder machst heuer wieder mal an Abstecher in die Hasengass? Pass aber auf, dass di net verläufst bei dene komplizierte Verkehrsverhältnisse.« Er lachte anzüglich. »Is nämlich a Sackgassen«, erklärte er den anderen überflüssigerweise.

»Ich bin zum Essen eingeladen«, sagte Bertolt ärgerlich und bereute es im gleichen Moment auch schon. Der Alois ging ihm heute wieder mal mächtig auf den Geist mit seinen ewig gleichen Witzchen. Was konnte er denn dafür, dass sein Heimweg direkt am Rotlichtviertel vorbeiführte und die Sackstraße, in der es lag, tatsächlich Hasengasse hieß?

»Zum Essen, ja do schau her. Bei wem denn? Am End noch bei oam Hasen? Und die Spatzen von der Vroni, hast di scho verdaut? Die stoßn dir doch sonst immer so sauer auf«, fing nun auch noch der Wanner an zu sticheln.

»Kümmert euch doch um euren eigenen Zoo!«, sagte Bertolt. Den Abend würde er sich nicht verderben lassen.

Im Hinausgehen winkte er kurz dem Wirt zu und nickte verdrossen, als der mit den zwei noch unbezahlten Deckeln zurückwinkte. Nein, für die Hasengasse würde es heute Abend nicht mehr reichen. Aber wenn bei der Kleinen, zu der er jetzt ging, alles glattlief, würde er sich demnächst eh nicht mehr mit den alten Schlampen hinter ihren Fenstern mit den rot leuchtenden Herzchen abgeben müssen.

Draußen war es erstaunlich warm für die Jahreszeit. Die Händler auf der Dult würden in diesem Jahr sicher bessere Geschäfte machen als im vergangenen, als ihnen fast buchstäblich die Felle davongeschwommen waren.

Als er am Römischen Museum vorbeiging, kam endlich der erhoffte Rülpser. Bertolt seufzte erleichtert. Trotzdem stieg ihm allein bei der Erinnerung an die Kässpatzen, die es jeden Donnerstag zu Hause gab, schon wieder die Galle hoch.

Irgendetwas machte die Vroni falsch. Irgendeine ihrer Zutaten vertrug sich offenbar nicht mit den sieben, acht Maß Geiß, die hinterher jedesmal beim Schafkopfen vernichtet wurden. Bertolt war sich sicher, dass es an den Spatzen lag und nicht an der Geiß. Der Wirt nahm für die Maß sogar noch etwas mehr von dem guten dunklen Bier und nicht so viel von der vermaledeiten Cola. Und statt der zwei Kirsch gab er bei jeder zweiten Maß Cognac dazu. Das war gut für den Magen und bekam allen ausgezeichnet. Nur ihm nicht. Es musste ganz einfach an den Spatzen liegen. Vor 14 Tagen hatte er sie sogar wieder von sich gegeben. Und das nach nur zwei Maß. Ausgerechnet als es darauf angekommen war, leise zu sein.

»Die Spatzen pfiffen es von den Dächern«, hatte dieses kleine Luder in ihrem Brief geschrieben. »Sie sollten besser auf Ihre Verdauung achtgeben. Kommen Sie doch einfach mal vorbei und wir reden darüber. Den Weg kennen Sie ja.«

Na, der hatte er letzte Woche ganz schön Bescheid gestoßen und seinen Fehler locker wieder ausgebügelt. Er grinste vor sich hin und klopfte sich zufrieden auf die Brusttasche in der er die Negative hatte. Er musste sie wohl ziemlich beeindruckt haben. Und vielleicht ging ja heute sogar noch mehr als nur das Geschäftliche …

Er nahm wie immer die enge, gepflasterte Treppe am Butzenbergle hinunter in die Altstadt. Er liebte diesen Weg, durch die engen Gassen und über die Lechkanäle, vorbei am Holbeinhaus. Er ging durch die beiden Fabrikgässchen und überquerte dann die stark befahrene Obere Graben-Straße am Fußgängerüberweg zur Brühlbrücke.

Als er an der Fuggerei vorbeikam, musste er unwillkürlich schmunzeln. Wenn die Alte vom Dr. Schröttle dahinterkam, wie ihr Angetrauter alle 14 Tage den Wolf im Schafspelz spielte, konnte er direkt hier, in der ältesten Sozialsiedlung der Welt, um ein warmes Plätzchen betteln. Die Alte war bekannt dafür, dass sie Haare auf den Zähnen hatte, und wenn nicht sie, so hatte doch ganz sicher ihr Vater Vorkehrungen getroffen, dass Schröttle im Falle einer Scheidung mit einem Almosen abgespeist wurde. Dann konnte er die Fabrik in den Wind schreiben.

Bertolt schüttelte den Kopf. Im Grunde ging es ihm selbst ja auch nicht besser. Bei ihm zu Hause hatte Vroni die Hosen an, und sie trug das Geld in den Taschen. »Mein schöner Preußen-Aff«, hatte sie ihn früher neckisch genannt, wenn sie sich zärtlich an seinen sonnenverbrannten Rücken geschmiegt und in seinem dichten Brusthaar gewühlt hatte. Damals hatte es ihr mit ihren Dame-von-Welt-Allüren noch nichts ausgemacht, einen einfachen Dachdecker zu heiraten, zumal er nicht den in ihren Ohren vulgären Augsburger Dialekt, eine Mischung aus Bairisch und Schwäbisch, sprach, sondern das Hochdeutsch, das er von seiner rheinländischen Mutter gelernt hatte.

Mit seiner Mutter hatte sich die Vroni überhaupt gut verstanden. Die hatte manchmal auch solche Anwandlungen gehabt und darauf bestanden, dass er Bertolt getauft worden war, Bertolt mit zwei ›T‹ und ohne ›H‹, so wie der alte

Brecht. »Der einzige Sohn dieser grässlichen Stadt, der ein vernünftiges Deutsch sprechen und sogar schreiben konnte«, wie sie dann immer zu sagen pflegte.

Diese Hochnäsigkeit hätte Bertolt seiner Mutter ja sogar noch nachgesehen, aber dass sie der Vroni dann auch noch das vermaledeite Spatzenrezept gegeben hatte, das sie selbst als Rheinländerin von ihrer Schwiegermutter gelernt, dann aber natürlich nach ihrem eigenen Gutdünken oder – wie Bertolt es lieber formulierte – nach ihrem eigenen ›Gutdünkel‹ noch hatte verfeinern müssen, verzieh er ihr nie.

Früher, als seine Großmutter noch das Regiment in der Küche geführt hatte, waren Kässpatzen sein Leibgericht gewesen. Er hatte ihr hin und wieder helfen dürfen und kannte das Rezept in- und auswendig. Es war so einfach, dass er sich immer wieder fragte, was seine Mutter und Vroni daran wohl verpfuschen konnten. Wahrscheinlich nahmen sie zu viel Muskat. Seine Großmutter hatte für den Teig immer nur eine ganz kleine Prise genommen.

Der Vroni gelang es ja nicht einmal, den Teig mit dem Spatzenhobel so in das kochende Wasser zu hobeln, dass es richtige Spatzen wurden. Bei ihr geriet es immer nur zu Pampe. Vielleicht lag es aber auch an ihrer Käsemischung, mit der die Spatzen, nachdem sie kurz aufgekocht waren, abwechselnd schichtweise in ein Gefäß gegeben und fünf Minuten in die Backröhre geschoben wurden. Bertolts Großmutter hatte ihrer Käsemischung, zusätzlich zum Emmentaler oder Allgäuer Bergkäse, mit ein wenig Limburger immer einen besonderen Pfiff und abschließend neben den in Butter gerösteten Zwiebelwürfeln über das Ganze noch ein bisschen Bärlauch gegeben.

Bertolts Mutter dagegen hatte für den Limburger und den Bärlauch nur ein Naserümpfen übrig gehabt. Trotzdem waren die Kässpatzen das einzige Gericht, das sie von ihrer Schwiegermutter übernommen hatte, und sie hatte es auch nur getan, um Bertolt damit eine Freude zu machen. Deshalb hatte er es auch nie übers Herz gebracht, ihr zu sagen, wie übel ihm jedesmal von ihrer ›rheinländisch verfeinerten Kreation‹ wurde.

Mit Vroni war es dann ähnlich gelaufen. Als sie sich das erste Mal, nur mit ihrem neuen Spitzenschürzchen bekleidet, für ihn an den Herd gestellt hatte, war er viel zu scharf gewesen, um ihr zu sagen, wie scheußlich das Zeug schmeckte. Leider waren ihre Spatzen mit den Jahren nicht besser geworden, und jetzt glaubte sie es ihm natürlich nicht mehr, wenn er daran herummoserte.

In der letzten Zeit stritten sie ohnehin nur noch. Vor allem seit Kneissler ihn rausgeschmissen hatte – angeblich weil er als Alkoholiker auf dem Dach nicht mehr tragbar war. Von wegen Alkoholiker! Schließlich soff der alte Kneissler selbst jeden Morgen bei der Brotzeit seine zwei Halbe. Jedenfalls hatte die Vroni jetzt auch noch Grund, sich zu beklagen, dass sie ihn durchfüttern müsse. Taschengeld bekam er von ihr. Das reichte gerade mal für die paar Maß beim Schafkopfen. Den gelegentlichen Abstecher in die Hasengasse dagegen konnte er sich nur gönnen, wenn er beim Spielen eine Glückssträhne erwischt hatte.

Im Grunde war er also genauso ein armes Schwein wie der Dr. Schröttle. Bertolt schüttelte den Kopf und lachte bitter vor sich hin. Kein Mitleid mit dem feinen Herrn Doktor, sagte er sich, immerhin gibt es da noch den winzigen Unterschied von diversen Milliönchen zwischen unseren Weibern.

Er nahm den Weg vom Sparrenlech durch die Hinterhöfe zur Jakoberstraße und dann den privaten Durchgang vorbei an der unscheinbaren Sushi-Bar auf die Pilgerhausstraße.

Von der Wand der Passage lächelte huldvoll die Namenspatronin des darin befindlichen Sex-Shops gleich zweifach und in Lebensgröße zu ihm herab. Abgesehen von den Silikonmöpsen und den aufgespritzten Lippen erinnerte sie ihn an die scharfe Blondine, zu der er gerade unterwegs war. Die hatte sogar eine ähnlich offenherzige Leder-Montur angehabt, als sie den alten Schröttle abgerichtet hatte. Zu dumm, dass ihm das mit den Spatzen passiert war. Dabei hatte alles ganz gut angefangen.

Mit schlafwandlerischer Sicherheit war er die schmale Feuertreppe hinaufgestiegen. Es hatte ihn niemand gesehen. Unzählige Male hatte er es schon in betrunkenem Zustand gemacht, aber an diesem bewussten Abend war er nüchtern gewesen.

Er nahm den Weg übers Dach immer dann, wenn Vroni nicht merken sollte, wann er nach Hause kam. Seit sie getrennte Schlafzimmer hatten, ließ sich das ganz gut bewerkstelligen, wenn er sein Fenster auf Kipp stellte.

Er war an den Rundgängen in den unteren sechs Etagen vorbeigegangen. Die hatten ihn nicht interessiert. Er wollte ganz nach oben. Als er auf dem Gang angekommen war, der unterhalb des Daches um die siebte Etage herumlief, hielt er einen Moment an, um die Kamera klarzumachen. Dann schwang er sich aufs Dach und schlich den schmalen Steig oberhalb des Schneegitters entlang, der einmal für Dachdeckerarbeiten angebracht und danach nicht mehr entfernt worden war. Von ihm aus konnte man die Gauben einsehen. Der Steig war mit einem provisorischen Geländer gesichert. Er war zwar etwas niedrig und an einigen Stellen auch schon ein wenig morsch, aber Bertolt brauchte ihn ohnehin nicht. Er verließ sich lieber auf seine Berufserfahrung.

Hinter dem Fenster, das zwei Wohnungen vor seinem eigenen lag, brannte noch Licht. Genau wie Bertolt es vorausgesehen hatte. Hier wohnte die kleine Schnalle, bei der er immer gerne mal einen Blick riskierte. Zwischen ihrem und seinem Fenster lag nur noch die Wohnung des alten Reichhart, der nichts mehr mitbekam und die Dachetage nur für seine Vogelzucht nutzte.

Ihr Besuch kam also tatsächlich alle 14 Tage. Als Bertolt ihn vor zwei Monaten das erste Mal gesehen hatte, hatte er zweimal hinschauen müssen. Ein Schaf! Dann hatte er ihn erkannt. Und von da an hatte er ihn in regelmäßigen Abständen, alle 14 Tage, gesehen.

Er steckte in einem Schafspelz und ließ sich von ihr mit der neunschwänzigen Katze das Fell gerben. Trotz der Maskerade und obwohl er ihn bisher nur auf grobkörnigen Zeitungsbildern gesehen hatte, hatte Bertolt ihn erkannt. Es war der höchst ehrenwerte Dr. Schröttle. Er sah älter aus als in der Zeitung, deutlich schon etwas in die Jahre gekommen, aber immer noch ganz munter, wovon Bertolt sich nachhaltig hatte überzeugen können.

Bertolt brauchte Geld. Nicht nur für seine Deckel in der Wirtschaft. Er hatte die alte Kamera herausgekramt, die sie, seines Wissens, das letzte Mal an ihrem Hochzeitstag vor elf Jahren benutzt hatten. Das Ding konnte er vergessen. Also hatte er sich eine neue auf Pump gekauft und sich so damit vertraut gemacht, dass er sie auch bei den schlechten Lichtverhältnissen auf dem Dach problemlos benutzen konnte, ohne seine Anwesenheit zu verraten.

Und dann, nachdem er schon ein paar scharfe Schüsse gemacht hatte, passierte es. Als Schröttle entlud, konnte auch Bertolt nicht mehr an sich halten und gab mit nicht zu unterdrückendem lauten Röhren Vronis Spatzen von sich.

Sich krümmend sah er noch, wie der alte Hammel bei dem Höllenlärm im Gesicht so grün wie das Urmel wurde und dann mit den Hörnern voraus auf das Fenster zugestürzt kam. Glücklicherweise stürzte er tatsächlich, und Bertolt gelang es, sich davonzumachen, ehe sie ihn erkennen konnten.

Aber dann hatten sie wohl die Reste der Kässpatzen entdeckt, und diese kleine Schlampe wusste offensichtlich, dass es jeden Donnerstag welche bei ihnen gab. Wahrscheinlich hatte Vroni es ihr einmal beim nachbarlichen Treppenhaustratsch erzählt.

Die Sache mit dem anonymen Brief an Schröttle hatte also nicht ganz so funktioniert, wie er es sich vorgestellt hatte. Sie wusste, dass er dahintersteckte. Vergangenen Donnerstag war Bertolt bei ihr gewesen.

Ohne die scharfe Aufmachung hatte sie gleich ganz anders ausgesehen, richtig seriös und trotzdem irgendwie sogar gut. Bertolt hatte sie natürlich schon ein paarmal im Treppenhaus und auf der Straße getroffen, aber da war sie jedesmal blitzschnell an ihm vorbeigehuscht. Ihr gegenüberzustehen, war doch was ganz anderes. Sie hatte die Haare hochgesteckt, und Bertolt sah zu seinem Erstaunen, dass sie ein Hörgerät hinter dem linken Ohr trug.

»Sie können den Mund wieder zumachen«, sagte sie. »Wahrscheinlich haben Sie es bisher noch nicht bemerkt, weil Sie Ihre Augen immer woanders hatten. Es ist ganz praktisch. Ich kann es abschalten. Dann höre ich nicht mehr, wie der alte Bock flennt.«

Bertolt schluckte.

»Im Gegensatz zu mir weiß er nicht, wer ihn erpresst«, sagte sie eine Spur sanfter und ging dann urplötzlich zum Du über. »Ich mach dir einen Vorschlag: Komm nächsten

Donnerstag wieder und bring die Negative mit. Ich werde dann das Geld da haben. Schröttle vertraut mir.«

Heute war es endlich so weit. Eine satte halbe Million Euro und die Hälfte davon würde ihm gehören. In seinem Brief hatte er von Schröttle noch eine ganze Million verlangt, aber Denise hatte ihm erklärt, dass das zu viel war. Man dürfe den Bogen nicht überspannen, sonst breche er am Ende, und Schröttle habe schließlich auch noch seine Frau und seinen Schwiegervater im Nacken sitzen. Ja ja, sie war schon ein verdammt cleveres, kleines Miststück, diese Denise.

Bertolt kam an der Augustabrauerei vorbei. Gleich würde er bei ihr sein. Er malte sich schon aus, wie sie sich zur Feier des Tages zuprosten würden. Sicher nicht nur mit Bier. Nachdem sie sich letzte Woche geeinigt hatten, war sie noch ein bisschen aufgetaut. Vielleicht ging ja wirklich was – immerhin hatte sie angedeutet, dass sie nun, da der alte Schröttle nicht mehr kommen würde, doch einen neuen Galan brauche. Er müsse ja nicht unbedingt gleich ins Fell vom Herrn Doktor schlüpfen …

Als die Lichter der Kahnfahrt am Oblatterwall auftauchten, fragte Bertolt sich grinsend, ob er nicht noch einmal mit der Vroni zum Paddeln gehen sollte. Dort, wo sein berühmter Namensvetter sich einst als ›Bootsschupfa‹ verdingt hatte, um sich ein paar Groschen zu verdienen, die er dann wahrscheinlich mit Mädels durchgebracht hatte.

Vroni rümpfte die Nase, wenn er so etwas sagte. Aber der alte Bertolt war gewiss kein Kostverächter gewesen. Und die Vroni tat zwar immer so vornehm und kulturbeflissen, aber damals, bei ihrer ersten Kahnfahrt, hatte sie auch nichts dagegen gehabt, als er ihr ohne große Umschweife unter den Rock gelangt hatte. Er würde sie einladen, wie in den alten Zeiten, würde ein Boot mieten und ganz romantisch in ein dunkles Eckchen rudern. Und wenn keiner mehr so genau hinsah, würde er sie ein wenig ›schupfa‹ und vielleicht auch noch ein wenig tunken.

Bertolt lachte rau. Lächerlich, auf was für Klöpse er doch kam. In dem seichten Tümpel an der Kahnfahrt ertrank nicht mal ein einbeiniger Pygmäe, selbst wenn er vorher noch schnell ein paar Halbe getrunken hatte.

Mittlerweile war Bertolt am Fuß der Feuertreppe angekommen. Er schaute sich kurz um. Dann stieg er hinauf. Wie vereinbart war das Gaubenfenster zu Denises Maisonettewohnung nur angelehnt. Er stieg ein.

»Na endlich, wo bleibst du denn?« Sie trug wieder den hautengen Schafdompteusendress, der mehr sehen ließ, als er bedeckte.

Er schluckte.

»Warum ziehst du nicht die Jacke aus, Bertolt?«, fragte sie mit laszivem Augenaufschlag. »Es ist so warm hier drin.«

Er zögerte. »Hast du das Geld?«

»Aber ja doch, später!« Sie kam langsam auf ihn zu. Ihre Hände glitten sacht über seine Brust, verweilten einen Moment, als sie über die Tasche mit den Negativen strich.

»Da drin sind die … die …«

»Pssst.« Sie lutschte an seinem rechten Ohrläppchen, während sie ihm die Jacke auszog und hinter sich auf die Couch schleuderte. Dann fuhren ihre Hände tiefer, machten sich an seinem Gürtel zu schaffen und ihre Zunge stieß in seinen Mund.

Sie schmeckte nach Muskat. Bertolt wurde übel. Er schob sie von sich.

»Da draußen vor dem Fenster ist jemand«, sagte sie.

»Was zum Teufel …« Bertolt konnte niemanden sehen.

»Vielleicht deine Frau«, sagte sie.

Bertolt stürzte ans Fenster.

»Oder ein Spanner.«

»Warte!« Er stieg hinaus.

Hinter ihm raschelte es. Er fuhr herum und verlor dabei ein wenig die Balance. Schröttle!

Ein kleiner Stoß genügte. Das Holz war morsch. Bertolt brach – diesmal durch das Geländer. Kurz darauf flog seine Jacke hinterher.

Der Vorfall wurde nicht lange untersucht. Die Zeitungen nannten es einen bedauerlichen Unfall unter Alkoholeinfluss.

# Schacher-Masoch

Das Turnier ging noch drei Tage. Ich hatte mich mit zwei Siegen und einem Remis sehr wacker geschlagen und alle Chancen, in die Geldränge zu kommen, während Mittler mit zwei Niederlagen praktisch schon aus dem Rennen war. Am Abend schleppte er mich in seine Stammkneipe.

»Du wirst es nicht glauben«, sagte er, »aber angeblich haben dort hinten in der Ecke einst Spasskij und Bobby Fischer ihren ganz privaten Titelkampf ausgetragen.«

»Alles klar«, sagte ich, »und du hast hinter dem Flipper Capablanca mit dem Schäferzug mattgesetzt.«

»Na hör mal«, sagte er, »so alt bin ich auch noch nicht.«

Wir setzten uns an die Theke und er bestellte per Handzeichen zwei Bier.

»Die eigentliche Attraktion dieser Kaschemme sitzt aber dort in der Nische.«

Ich sah in die angegebene Richtung. An einem Tischchen neben der Treppe zu den Toiletten saß eine dunkelhaarige Frau in einem schwarzen Abendkleid, das weder zur Lokalität noch zu dem vor ihr stehenden Schachbrett passte. Sie war ziemlich auffällig geschminkt, was es bei dem Kneipenlicht schwer machte, ihr Alter zu bestimmen. Ihre Jungmädchenfigur und die wilde Frisur ließen mich sie auf höchstens dreißig schätzen. Ich pfiff leise durch die Zähne, während der Wirt das Bier vor uns abstellte.

»Das ist Olga«, sagte Mittler. »Sie spielt jeden Abend hier.«

»Frauen und Schach, das passt nicht zusammen.« Ich schüttelte den Kopf. »Frauen können nicht logisch denken.«

»Wusste gar nicht, dass du so ein Chauvi bist«, sagte Mittler.

»Bin ich gar nicht. Ich mag Frauen. Aber lieber im Bett als am Schachtisch.«

Mittler lachte. Es ist ja so leicht, ihm eine Freude zu machen. Mit Äußerungen wie dieser stecke ich ihn regelmäßig in den Sack.

»Du solltest mal gegen sie spielen. Angeblich kommt sie aus Russland oder irgendeiner der alten Sowjetrepubliken, so genau weiß das keiner. Aber eins ist sicher: Schach spielen kann sie. Zumindest hat hier noch keiner gegen sie gewonnen.«

»Du etwa auch nicht?«, fragte ich gespielt ungläubig.

Er nahm es mir ab. Schüttelte den Kopf. »Hab es aber auch nur zweimal probiert. Die Dame ist mir zu teuer.«

Ich zog die Augenbrauen hoch.

»Der Einsatz beträgt 500 Euro.«

»Pro Partie?«

Er nickte.

»Wer kann sich denn so was leisten in diesem Loch hier?«

»O, da vertu dich mal nicht! Sie ist fast schon so was wie eine Berühmtheit.« Er deutete mit dem Kopf zu der Schönen hinüber. »Der da zum Beispiel kommt mindestens zwei- oder dreimal die Woche. Er war früher angeblich mal irgendein hohes Tier bei der Polizei, unterhält sie praktisch ganz allein.«

Ein dicker, grauhaariger Herr Mitte sechzig hatte sich an ihrem Tisch breitgemacht und begonnen, mit seinen Wurstfingern umständlich die Figuren aufzubauen. Sein Anzug schien von einem guten Schneider zu stammen, war aber schon stark abgetragen und leicht angeschmuddelt wie der ganze Mann.

»Ein stattliches Lehrgeld, was er da zahlt«, sagte ich.

»Der Typ ist total besessen von Olga, wenn du mich

fragst«, sagte Mittler. »Wir nennen ihn hier alle nur Schacher-Masoch.«

»Schachamasov?«, fragte ich. »War das nicht dieser bulgarische Großmeister in den fünfziger Jahren, der …«

»Vergiss es!«, sagte Mittler und schenkte mir wieder einmal sein überhebliches Grinsen. »Du bist der lebende Beweis dafür, dass Schachspieler eben nicht immer nur Superhirne sind, sondern manchmal auch nicht viel in der Birne haben. Schacher-Masoch ist natürlich nur eine Verballhornung. Wohl noch nie was von Sado-Maso gehört, wie?«

»Ich dachte, das hätte dieser komische Marquis erfunden«, sagte ich.

»Ja«, klärte Mittler mich auf, »den Sadismus schon, aber der Masochismus ist benannt nach einem österreichischen Autor namens Sacher-Masoch, Sacher – Schacher, verstehst du jetzt?«

»Aha, alles klar«, sagte ich. „Dann ist das sicher auch der Typ, der die Sacher-Torte erfunden hat?«

»Auweia!« Mitleidig schüttelte er den Kopf und bestellte dann mit Gönnermiene noch zwei Bier.

Er wird wohl nie verstehen, warum er keine Chance gegen mich hat. Dabei ist es so einfach. Ich gebe ihm das Gefühl, mir intellektuell haushoch überlegen zu sein und damit habe ich schon fast gewonnen.

Während wir eine Kleinigkeit aßen und uns über den Verlauf des Turniers unterhielten, warf ich immer wieder Blicke hinüber zu Olga und dem Dicken. Das Spiel verlief völlig wortlos. Die Frau wirkte kühl und unbeteiligt, zog meist schnell, ohne lange zu überlegen. Mit sparsamen, präzisen Bewegungen führte sie die Figuren und nahm, nachdem sie die Schach-Uhr bedient hatte, jedes Mal – wie mechanisch – einen Schluck aus ihrem Wasserglas. Dann saß sie wieder regungslos. Nur wenn ihr Gegenüber allzu lange überlegte, griff sie zur Puderdose und überprüfte scheinbar gelangweilt ihr Make-up.

Der Dicke trank Weißbier. Er hatte mittlerweile die Anzugjacke abgelegt. Da er keine Weste trug, sah man, wie auf seinem Hemdrücken, zwischen den Hosenträgern, ein Schweißfleck größer und größer wurde. Wenn er gezogen hatte, starrte er auf Olga, manchmal gespannt mit einem Lauern im Blick, meist aber ängstlich, mit weit aufgerissenen Augen, als erwarte er einen Verweis oder zumindest eine spöttische Bemerkung. Dazwischen überlegte er mit sichtlicher Verbissenheit und schüttete viel zu viel Bier in sich hinein.

Ich konnte nicht genau erkennen, wie es stand, aber als es dem Ende zuzugehen schien, blieb ich nach dem Gang auf die Toilette an ihrem Tisch stehen und schaute neugierig auf das Brett. Der Dicke sah missmutig zu mir auf.

»Es ist doch sicher erlaubt, ein wenig zuzuschauen?«

Bevor er noch etwas erwidern konnte, sagte sie: »Wir sind sowieso gleich fertig.«

Ein schneller Blick überzeugte mich davon, dass sie Recht hatte. Ihr Turm hielt den weißen König gefangen, ihre Dame stand in Position. In drei Zügen war er matt.

Der Dicke schnaufte. Sie hatte ihn nicht nur besiegt, sondern nach allen Regeln der Kunst auseinandergenommen.

»Ich gebe auf«, sagte er.

»Gut«, sagte sie. »Kommen Sie morgen wieder.« Es war keine Frage, auch kein Befehl, lediglich eine Feststellung, als gäbe sie ihm einen Termin, nach dem er verlangt hatte.

Sie sah mich herausfordernd an. »Was ist mit Ihnen? Spielen Sie auch?«

»Gerne«, sagte ich.

Der Dicke musterte mich verächtlich. Dann zog er einen Geldschein aus der Tasche und schob ihn ihr demonstrativ über den Tisch.

»Ich spiele allerdings nur um Bares«, sagte sie und schwenkte den Schein kurz in meine Richtung, bevor sie ihn einsteckte. Sie sprach praktisch akzentfrei. Wenn sie tatsächlich aus Russland gekommen war, musste das schon verdammt lange her sein.

»Alles klar«, sagte ich. Während der Dicke aufstand und die Jacke anzog, ging ich zurück an die Theke und holte mein fast noch volles Glas.

»Na, dann zeig ihr doch mal, wie das geht mit dem logischen Denken«, sagte Mittler.

»Willst du nicht zuschauen?«, fragte ich.

Er schüttelte den Kopf. »Die Dame liebt es nicht, wenn noch jemand mit am Tisch sitzt.«

»Verständlich«, sagte ich. »Sie mag es eben intim.«

Er grinste. Süffisant und schadenfroh. Meine Niederlage schien für ihn schon festzustehen.

Ich nahm den Platz des Dicken ein, drehte das Brett und schob ihr die weißen Figuren hin. »Ladies first. Sie dürfen anfangen.«

Sie schüttelte den Kopf. »Ich brauche keine Geschenke. Ich spiele sehr gern mit Schwarz.«

»Alles klar«, sagte ich. »Wie Sie wollen. Was halten Sie denn davon, den Einsatz zu verdoppeln? Ich bin nicht mehr lange in der Stadt, habe nicht so viel Zeit wie der Dicke vorhin.«

Ihre dunklen Augen blitzten für einen Moment überrascht auf.

»Warum lassen Sie das arme Schwein eigentlich nicht mal gewinnen?«, setzte ich nach.

Wieder blitzten ihre Augen. Diesmal ärgerlich. Dann lächelte sie. »Das geht Sie einen feuchten Kehricht an. Außerdem wissen Sie genauso gut wie ich, dass ich ihn, nachdem er das erste Mal gewonnen hat, nie wiedersehe.«

Sie nahm einen Schluck aus ihrem Wasserglas. Es war gar kein Wasser, sondern Wodka. »Schön. Verdoppeln wir also.«

Ich eröffnete mit E2-E4 und dem Königsspringer, sie hielt zunächst ganz klassisch dagegen, sodass ich mich schon auf eine ruhige Variante der Italienischen Partie und ein mögliches Remis einstellte. Aber dann versuchte sie mich aufs Glatteis zu führen, indem sie Lautiers spektakulären Sieg über den damaligen Weltmeister Kasparow nachzuspielen versuchte. Natürlich kannte ich die Partie und ging ihr nur scheinbar auf den Leim. Als sie sich offenbar schon in Sicherheit wiegte, setzte ich den entscheidenden Konter. Wenn sie überrascht war, ließ sie es sich zumindest nicht anmerken. Für einen Augenblick glaubte ich sogar ein Lächeln über ihr Gesicht huschen zu sehen. Ich ließ sie sitzen und ging erst einmal auf die Toilette. Als ich zurückkam, hatte sie einen neuen Wodka vor sich stehen und puderte sich die Nase. Mittler zwinkerte albern zu mir herüber. Sie hatte mit dem Zug gewartet, bis ich zurück war. Aber im Grunde war es aussichtslos und das musste sie auch wissen. Sie machte einen Bauernzug. Einen Moment lang war ich irritiert. Dann begriff ich, dass der Zug völlig sinnlos war.

Ich sah zu ihr auf. Ihr Gesicht verriet keinerlei Regung.

»Das wars dann wohl«, sagte ich.

Sie tippte ihren König leicht mit dem Zeigefinger an. Er fiel mit einem kurzen, scharfen Knall.

»Gratuliere. Leider habe ich nicht genug Geld dabei. Ich muss es erst in meiner Wohnung holen. Wenn Sie mir nicht trauen, können Sie mich ja begleiten.«

Sie sagte das völlig emotionslos.

Ich nickte.

Im Vorbeigehen verabschiedete ich mich von Mittler. »Die dümmsten Bauern…«, sagte er und grinste anzüglich. »Na dann bis morgen.«

Ich hatte alles Mögliche erwartet, eine mondäne Penthousewohnung hoch über der Stadt, eine verfallene Villa, eine Suite in einem Nobelhotel, eine Studentenbude oder auch die letzte Absteige. Aber sie wohnte einfach nur in einer schlichten, völlig normalen Frühstückspension. Und als die Schminke und das Abendkleid erst einmal runter waren, passte das ganz gut. Sie stammte auch nicht aus Russland, sondern aus Bad Wildungen und hieß Olga Stenzel.

Als ich gegen halb vier wach wurde, lag sie neben mir auf dem Bauch. Um aus dem Bett zu kommen, musste ich über sie steigen, was sie jedoch wenig störte. Sie drehte sich lediglich auf den Rücken und fing leise an zu schnarchen.

Ich zog mich an und steckte mein Geld ein. Dann sah ich ihre Puderdose auf der Kommode stehen. Ich griff danach und öffnete sie. Es war ein winziger Schach-Computer eingebaut. So ähnlich hatte ich mir das vorgestellt.

Am nächsten Tag gewann ich zwar nur eine meiner drei Partien bei zwei Unentschieden, aber meine schärfsten Konkurrenten patzten ebenfalls, sodass ich immer noch um den Gesamtsieg mitspielte. Die letzte Partie hatte sich endlos gezogen, und danach war mein Gegner noch zur Turnierleitung gerannt und hatte eine höchst überflüssige Debatte mit dem Oberschiedsrichter angezettelt, weil die Uhren angeblich nicht richtig funktioniert hatten.

Als ich daher wieder mit Mittler in die Kneipe kam, saßen Olga und Schacher-Masoch schon am Brett. Sie blickte kurz auf, ließ aber keinerlei Gefühlsregung erkennen, sondern schien fast durch uns hindurchzusehen.

»Wirkt irgendwie ein bisschen ungesellig, die Kleine«, sagte Mittler. »Dafür, dass du ihr gestern immerhin so was wie die Unschuld geraubt hast.« Er grinste schmierig und setzte hinzu: »Nur aufs Schachspiel bezogen, natürlich.«

Olga trug dasselbe schwarze Kleid wie tags zuvor, nur das Make-up schien eine Spur dezenter. Der dicke Polizist war schon wieder im Hemd. Die Anzugjacke hing hinter ihm über dem Stuhl. Sie sah aus, als hätte er darin geschlafen.

Mittler und ich setzten uns an die Theke und tranken. Ich hatte ihm nichts von dem erzählt, was passiert war, nachdem wir uns dort am Vorabend verabschiedet hatten. Das ärgerte ihn. Nach ein paar Kommentaren und allgemeinen Bemerkungen zum Verlauf des Turniers schwiegen wir uns an und nach nur noch einem weiteren schnellen Bier ging er nach Hause.

Ich drehte meinen Hocker nun so, dass ich besser zu Olga und dem Dicken hinüber schauen konnte. Sie hatte gerade gezogen. Er starrte ihr ins Gesicht. Dann wieder auf das Schachbrett. Dann wieder auf sie. Sein Kopf ruckte dabei ein paar Mal unkontrolliert nach oben und unten. Er nahm einen großen Schluck von seinem Weißbier, zog ein verknittertes Stofftaschentuch aus der Hosentasche und wischte sich den Schweiß aus Stirn und Nacken.

Olga sah zu mir herüber. Ich lächelte sie an. Sie erwiderte mein Lächeln nicht, wandte die Augen wieder dem vor ihr sitzenden Mann zu, der nun mit hängendem Kopf über seinem Zug brütete. Dann griff sie zu ihrer Puderdose, klappte sie auf und fing an, ungerührt ihr Make-up zu überprüfen.

Ich rutschte von meinem Hocker und ging langsam zu ihnen hinüber an den Tisch. Olga würdigte mich keines

Blickes, während der Dicke mich gar nicht zu bemerken schien. Er saß hoffnungslos in der Klemme.

»Warum tun Sie sich das an?«, fragte ich ihn. »Sie werden diese Frau nie besiegen.«

Nun erst schien er mich zu bemerken. Drehte wie mechanisch den Kopf zu mir und starrte mich verständnislos an.

»Warum gehen Sie nicht einfach nach Hause, ziehen sich Ihre Filzpantoffel an, legen die Beine hoch und spielen eine Partie mit dem Computer?«

Er schüttelte den Kopf. »Sie verstehen das nicht.«

»Nein«, sagte ich, »ganz bestimmt nicht.« Ich griff über den Tisch und nahm Olga die Puderdose aus der Hand. Sie ließ mich gewähren. Entweder war sie zu verblüfft oder es war ihr egal. »Hier spielen Sie doch auch bloß gegen eine Maschine.« Ich legte die Dose offen vor ihn auf den Tisch.

Eine ganze Weile schien er überhaupt nicht zu begreifen. »Woher wissen Sie davon?«, fragte er schließlich fast tonlos. Er glotzte immer noch auf die Dose, als wagte er es nicht, Olga oder mich anzusehen.

»Ich weiß es aus dem gleichen Grund, aus dem ich weiß, dass sie unter dem Bauchnabel einen kleinen schwarzen Springer eintätowiert hat.«

Er schüttelte den Kopf. Langsam. Fast eine Minute lang. Dann stand er ruckartig auf. Die weiße Dame fiel um. »Sie sind ein Schwein!«, sagte er und ging.

Olga hatte dem Ganzen fast regungslos zugesehen. »Du schuldest mir eine Revanche«, sagte sie kalt.

»Alles klar«, sagte ich. »Kommen Sie morgen wieder.«


Ich war noch nie so gut wie am folgenden Tag. Das Preisgeld war das höchste, das ich jemals mit dem Schachspielen eingestrichen hatte.

Mittler bestand darauf, dass wir zum Abschied und auf meinen grandiosen Sieg wenigstens einen Kleinen zur Brust nehmen müssten. Wir gingen wieder in seine Stammkneipe. Ich hatte nicht damit gerechnet, dass Olga dort noch einmal auftauchen würde.

Sie drückte mir die Puderdose in die Hand und verlangte ihre Revanche. Wir spielten um das komplette Preisgeld. Während des Spiels trank sie mehr als eine halbe Flasche Wodka. Ich blieb stocknüchtern.

Sie spielte die Spanische Eröffnung und zwang mich praktisch von Beginn an zu Zügen, die ich nicht wollte. Es wurde die Niederlage meines Lebens.

Am nächsten Tag reiste ich ab. Am Bahnhof kaufte ich mir eine Zeitung, um zu sehen, ob darin etwas über meinen großen Triumph zu lesen stünde, das mich vielleicht über den Verlust des Preisgeldes hinwegtrösten könnte.

Auf der zweiten Seite war ein Foto von Schacher-Masoch. Er hatte sich am Vorabend in seiner Wohnung erhängt. Der Bericht erwähnte ausdrücklich die Filzpantoffel, die man zu seinen Füßen gefunden hatte.

Olga habe ich nie wieder gesehen. Mittler erzählte mir später, sie sei auch nicht mehr in der Kneipe aufgekreuzt. Ihre Puderdose habe ich immer noch. Ein Schach-Turnier habe ich seitdem nicht mehr gewonnen.

# Das höchste Gut

Seliger war kein Zocker. Dafür war er zu geizig. Außerdem zu ängstlich und menschenscheu. Er spielte gern, aber ohne Risiko. Das machte ihn anfällig für Computerspiele. Seitdem er während des Studiums einmal wochenlang die Vorlesungen geschwänzt hatte, um Tag und Nacht vor dem PC zu sitzen und ein Adventure-Game zu knacken, wusste er, dass er suchtgefährdet war.

Er kämpfte dagegen an. Phasenweise mit Erfolg. Aber es kam immer wieder. In Schüben. Als ihn der letzte Schub, kurz nach der Scheidung, um ein Haar den Job kostete, verkaufte er seinen Rechner und die komplette Software.

Monatelang spielte er gar nicht, dann geriet er auf einer Dienstreise in ein Internet-Café und das Verlangen war wieder da. Fortan spielte er regelmäßig in Internet-Cafés. Da Seliger es nie länger als drei, vier Stunden ertrug, menschlichen Blicken ausgesetzt zu sein, war hier die Gefahr, sich zu vergessen, nicht ganz so groß.

Das »Netz« am Goldbrunnen-Platz war genau der richtige Ort für ihn. Es lag weit abseits seiner üblichen Wege, sodass er nicht der Versuchung erlag, nur mal schnell auf einen Sprung vorbeizugehen. Außerdem gehörte es zu einer Kette von Internet-Cafés. Mit seiner Nutzer-Karte erhielt er auch in den »Netzen« anderer Städte Zugang und konnte bargeldlos zahlen.

Am liebsten spielte er aber auf seinem Stammplatz hinter der Yucca-Palme mit Sicht auf den Goldbrunnen. Als beste Zeiten hatten sich Samstagmorgen und Montagabend herauskristallisiert. Dann war wenig los und Theo, der Besitzer, wusste mittlerweile, dass er kam und reservierte ihm seinen Platz.

Seliger liebte Adventures, bei denen es auf die richtige Mischung aus Fingerfertigkeit und Kombinationsgabe ankam. Er brauchte keine hochauflösende Grafik, legte keinen Wert auf wirklichkeitsgetreu aussehende Figuren, wichtig war für ihn der Rhythmus des Spiels, den er so verinnerlichte, bis er ihm in Fleisch und Blut übergegangen war. Wenn er alle Rätsel gelöst hatte, jagte er seine Figur in einem perfekt einstudierten Tanz über den Bildschirm. Dann wagte er kaum noch zu atmen, sein Körper war gespannt wie eine Feder, voll gepumpt mit Adrenalin. Irgendwann aber war alles ausgereizt, das Tempo nicht mehr zu steigern, die Zeit reif, sich die Choreographie eines neuen Spiels zu erarbeiten.

Theo kannte seine Vorlieben und hatte ihm schon einige Tipps gegeben. »Das höchste Gut« war sein letzter, ein Spiel bei dem jedes Level ein Schritt in der Menschheitsgeschichte darstellte. So hatte Seliger sich mit Faustkeil und Keule gegen Urzeittiere zur Wehr gesetzt und das Feuer entdeckt. Er hatte Rad und Schießpulver neu erfunden, mit Pfeil und Bogen, Lanze und Schwert, auf Kampfwagen, hoch zu Ross und schließlich mit modernster Technologie gekämpft. Nun war er gespannt, was ihn auf dem letzten Level erwartete.

»Lieber Rudolf«, hieß es in der Botschaft, die auf dem Bildschirm erschien, und Seliger fragte sich irritiert, wieso das Spiel plötzlich dazu überging, ihn mit realem Namen statt mit dem seines Avatars anzusprechen. »Lieber Rudolf, Sie haben sich tapfer geschlagen. Aber alles, was Sie bisher erlebt haben, war nur ein Vorspiel für das, was Sie nun erwartet. Es geht um das höchste Gut. Wenn Sie bereit sind, darum zu spielen, sollten Sie vorher Ihr Testament machen, denn wenn Sie verlieren, kostet es Ihr Leben.«

»Blödsinn«, dachte Seliger und kicherte unwillig. Dann klickte er unter der Frage »Sind Sie bereit?« den Button mit

»Ja« an. Sogleich erschien die Aufforderung: »Bitte geben Sie für den Fall der Niederlage die von Ihnen bevorzugte Todesart an!« Zur Wahl standen Selbstmord, Unfall und Herzversagen. »Na, toll!« Seliger runzelte die Stirn und klickte auf weiter.

»Sie möchten die Art Ihres Ablebens dem Zufall überlassen«, lautete der Schluss, der daraus gezogen wurde. »Geben Sie nun einen Erben an, dem Sie im Todesfall Ihr Vermögen zukommen lassen möchten.«

Die Eingabemaske für den Erben verlangte genaue Angaben zur Person. Seliger verlor langsam die Geduld. Bei aller Liebe zum Detail und den Bemühungen der Spiele-Erfinder eine bedrohliche Atmosphäre zu schaffen, aber er wollte endlich weitermachen. So tippte er ein, was ihm gerade einfiel: »Dieter Dussel, geboren 5.5.1515, wohnhaft in 55555 Dusseln, Dusselweg 5«. Als er die Angaben speichern wollte, ermahnte ihn der Computer, die Sache ernst zu nehmen.

»Leck mich!«, knurrte Seliger. »Jetzt reichts!«

Er beendete das Spiel, loggte sich aus dem Internet aus und ging zur Theke. Theo saß über seinen Rechnungsbüchern, blickte nur kurz auf. Seliger ging meist mit einem schnell hingeworfenen »Tschüss« an ihm vorbei. Diesmal blieb er stehen. Theo schob die Brille auf die Nasenspitze und blickte Seliger über ihren Rand hinweg an. »Schon fertig, heute?«

»Haben Sie das Spiel zu Ende gespielt?«, schnaubte Seliger.

»Welches?«

»Sie haben's mir vor fünf Wochen wärmstens empfohlen.«

»Tut mir leid«, Theo zuckte die Achseln, »für Spielchen, fehlt mir etwas die Zeit. Hat wohl ein Kunde von geschwärmt.«

»Das höchste Gut«, sagte Seliger. »Ein Adventure, bei dem...«

»Das höchste Gut? Warten Sie!« Theo schlug sich an die Stirn. »Klar, da war dieser Freak im Rollstuhl. Kam jeden Tag und hat stundenlang nur das gespielt. Keine Ahnung, wie er hieß. Wills auch gar nicht wissen. Viele Kunden kommen gerade, weil es hier so schön diskret zugeht und man...«

»Moment«, unterbrach Seliger, »während des Spiels wurde ich mit meinem realen Namen angesprochen. Woher wissen die den? Kann das über den Nutzer-Ausweis gelaufen sein?«

Theo zuckte die Achseln. »Dürfte eigentlich nicht sein, dass die Zugriff auf Ihre Daten bekommen.«

»Das will ich doch schwer hoffen«, sagte Seliger.

»Dieser Freak jedenfalls«, fuhr Theo ungerührt fort, »der hat erzählt, er sei arbeitslos und könne sich die Behandlung nicht leisten, um aus dem Rollstuhl zu kommen. Die Kasse würde nichts übernehmen, weil er zu einem Spezialisten ins Ausland müsse.« Er merkte, dass Seliger ungeduldig wurde und beeilte sich, zum Ende zu kommen: »Na, was sag ich, er war total wild auf das Spiel und dann, von heut auf morgen, wars vorbei und er kam nicht mehr her.«

Seliger runzelte die Stirn. Er hatte nur mit halbem Ohr zugehört, aber nun beschlich ihn ein mulmiges Gefühl beim Gedanken an die Frage nach der bevorzugten Todesart. »Sie haben ihn nie wieder gesehen?«

»Doch!« Theo grinste. »Vor ein paar Tagen zufällig in der Stadt. Hab ihn fast nicht erkannt. Er saß nicht mehr im Rollstuhl und trug auch nicht mehr die ollen Klamotten wie früher. Stieg in einen kleinen roten Sportwagen, einen Alfa glaub ich. Erst als er längst um die Ecke war, fiel mir ein, wo ich das große Muttermal auf der linken Wange schon mal gesehen hatte. Ärgerlich. Hätte mich echt interessiert, wo der Typ plötzlich die Kohle her hatte…«

»Ja«, sagte Seliger, »in der Tat.«

»Ich hab dann selbst mal reingeschaut«, sagte Theo. »In das Spiel, mein ich. Einfaches Jump-and-Run, schien aber ganz witzig zu sein und da Sie doch ein großer Fan solcher Spiele sind, dachte ich mir, das wäre vielleicht was für Sie!«

»Ja, danke«, sagte Seliger und war mit den Gedanken woanders. Ohne sich zu verabschieden, ging er nach Hause.

Zwei Wochen lang hielt er sich vom »Netz« fern. Zwei Wochen, in denen ihm »Das höchste Gut« nicht aus dem Kopf ging. Schließlich fragte er in der Firma einen der Hausanwälte nach den Bedingungen für die Errichtung eines rechtskräftigen Testaments. Was er erfuhr, beruhigte ihn. Wenn er seinen letzten Willen nicht handschriftlich niederlegte, ging ohne Notar gar nichts. Geld hatte er ohnehin nicht viel, aber das Haus mit dem Grundstück in bester Lage stellte einen beträchtlichen Wert dar. Im Grunde war es ihm egal, wer ihn beerbte, solange es nicht Manuela war. Er hatte nur keine Lust, sich von irgendwelchen Internet-Gangstern für dumm verkaufen zu lassen.

Am nächsten Montag ging er zur gewohnten Zeit ins Café am Goldbrunnen, wo Theo ihn lediglich mit stummem Nicken begrüßte. Diskretion, dachte Seliger und nahm es ebenso dankbar zur Kenntnis wie die Tatsache, dass sein Stuhl hinter der Yuccapalme frei war.

Er loggte sich ein und spielte »Das höchste Gut« dreimal bis zum letzten Level. Als beim vierten Mal wieder die Frage erschien, ob er bereit sei, klickte er auf »Ja«. Als gewünschte Todesart entschied er sich spontan für »Unfall« und gab anschließend in der Maske für den Alleinerben seine eigenen Daten ein.

»Sie können sich nicht selbst beerben. Geben Sie eine real existierende Person an!«, mahnte der Computer.

»Quatsch!«, schimpfte Seliger. Trotzdem wollte er das Spiel unbedingt zu Ende spielen. Er überlegte. Lebende Verwandte hatte er keine mehr, echte Freunde hatte er eigentlich nie gehabt. Im Grunde waren alle Manuelas Freunde gewesen und hatten sich nach der Scheidung von ihm zurückgezogen. In der Firma gab es einen Kollegen, mit dem er ab und zu in die Kantine ging. Aber er wusste weder Geburtsdatum noch Adresse. Warum nicht Manuela? Schließlich konnte per Internet kein gültiges Testament errichtet werden. Dessen hatte er sich ja vergewissert.

Er kannte Manuela seit der Schule, hatte sie immer heimlich verehrt und nie aus den Augen verloren. Ein Paar waren sie erst nach seinem Studium geworden. Er hatte gut verdient, sodass sie während ihrer Ehe nicht arbeiten musste. Seine Mutter hatte das scharf kritisiert und war deshalb vor Überschreibung ihres Hauses auf Rudolf darauf bedacht gewesen, dass Manuela bei einer Scheidung leer ausging.

Seliger selbst war einfach nur glücklich gewesen, für seine Traumfrau sorgen zu können und hatte sich keine Gedanken darüber gemacht, was sie den lieben langen Tag zu Hause trieb. Als er erfuhr, dass sie ihn von Beginn an betrogen hatte, war er aus allen Wolken gefallen.

Er starrte auf die Eingabemaske. Im Grunde war es belanglos, dennoch sträubte sich alles in ihm, Manuela als Erbin einzusetzen. Selbst wenn es nur um ein Spiel ging.

Er tippte den Namen »Theo Brechtel« in die Maske und rief zur Theke hinüber: »Hey Theo, wann haben Sie Geburtstag?« Theo blickte von einer Zeitschrift auf. »Warum?«

»Nur so.« Seliger fiel kein Grund ein. Theo schien es auch egal zu sein. »7.11.68!«, sagte er. »Aber keine Geschenke!«

»Danke«, sagte Seliger und gab das Datum zusammen mit der Anschrift des Internet-Cafés ein.

Endlich tat sich etwas. Seligers Avatar erschien in einer Szenerie, die nicht karger hätte sein können. Die Figur stand im Dunkel des sonst leeren Bildschirms gleichsam im Nichts. Ihre Gesichtszüge allerdings waren ausgeprägter als auf den vorangegangen Spielstufen. Zu seinem Erstaunen erkannte Seliger sich selbst darin.

Er spielte ein wenig mit dem Joystick. Die üblichen Funktionen ließen sich problemlos ausführen. Er konnte sich in dem Dunkel bewegen, ein Weg wurde jedoch nicht erkennbar. Über zwei Stunden spazierte Seliger durch das Dunkel, tastete systematisch jeden Zoll Bildschirm mit seinem virtuellen Finger ab. Es gab keinen Lichtschalter.

Als er schon entnervt aufgeben wollte, flammte nach einer letzten verzweifelten Kombination völlig sinnloser Befehle sekundenlang eine Botschaft am oberen Bildrand auf. Eine halbe Stunde mühte Seliger sich ab, die zufällige Tasten-Kombination erneut zustande zu bringen. Nachdem er es geschafft hatte, brauchte er sieben Anläufe, bis er die Botschaft vollständig zusammensetzen konnte: »Um das höchste Gut zu erlangen, müssen Sie über Ihren eigenen Schatten springen!«

»Sehr witzig«, knurrte Seliger, »mach das mal im Dunkeln!«

Aber er glaubte jetzt zumindest einen ersten Zugang zu der neuen Spielstufe gefunden zu haben. Es galt offenbar, alles, was bisher Geltung gehabt hatte, zu vergessen. Mit System war hier, wo nur noch der Zufall regierte, nichts auszurichten.

Seliger begann wie ein Verrückter den Joystick zu traktieren, der Avatar irrlichterte in immer sinnloseren Sprüngen durchs Dunkel. Sonst geschah nichts. Schließlich kam es Seliger vor, als säße er schon tagelang so da. Dennoch konnte er nicht aufhören, den Blick nicht vom Schirm wenden, hatte alles um sich herum ausgeblendet.

Urplötzlich tauchte aus dem Nichts eine zweite Figur auf. Seliger fuhr zusammen, ließ vor Schreck den Joystick los. Das Leben auf dem Bildschirm erstarrte. Er sah genauer hin: Die zweite Figur ähnelte der ersten wie ein Ei dem anderen.

»Na also«, dachte Seliger, »da ist er ja endlich: mein Schatten.«

Er packte den Joystick und wagte vorsichtig einen ersten Sprung. Wie nicht anders erwartet, sprang der Schatten synchron mit. Das kannte er aus einem anderen Spiel. Dort hatte er sich lange an dem Problem die Zähne ausgebissen, bis er seinen Schatten durch den Sprung in einen Spiegel losgeworden war. Aber wo sollte er in diesem Nichts einen Spiegel finden?

Erneut durchmaß er wie schon zu Beginn jeden Millimeter Raum, diesmal in Begleitung des Schattens. Am Ende merkte er, dass er wieder dem Fehler verfallen war, systematisch vorzugehen. Er besann sich auf das Mittel, das schon zweimal geholfen hatte und begann wieder sinnlos den Joystick zu traktieren. Nach einer Zeit, die ihm endlos schien, war immer noch nichts passiert. Vor seinen Augen tanzten zwei Irrlichter statt einem, es war wirklich zum Aus-der-Haut-fahren!

Seliger fühlte sich ausgedörrt. Seit er zu Hause fortgegangen war, hatte er nichts getrunken. Trotzdem konnte er das Bedürfnis, zur Toilette zu gehen, nicht länger unterdrücken. Seine Blase stand vor dem Zerplatzen. Als er aufstehen wollte, spürte er seine Füße nicht mehr, knickte ein, schaffte es mit Mühe, sich zurück auf den Stuhl sinken zu lassen.

Er blickte sich um, ob ihn jemand beobachtete. Das Café war leer. Nicht einmal Theo war auf seinem üblichen Platz. Draußen um den Goldbrunnen waren die Straßenlaternen längst ausgegangen. Die Morgendämmerung zog herauf.

Seliger schleppte sich auf die Toilette. Sein Körper fühlte sich an wie mit Nadeln gespickt. Das Wasserlassen tat weh. Er hatte es zu lange unterdrückt. Als er beim Händewaschen in den Spiegel blickte, sah er in die starren Augen seines Avatars. Er presste die Stirn gegen das Glas. Der Spiegel gab nicht nach. Seliger lachte auf. Hohl hallte es zwischen den gekachelten Wänden. Er hielt den Kopf unters kalte Wasser, schüttelte sich, trocknete die Haare mit Papiertüchern ab. Ging wieder hinaus.

»Wollen Sie auch einen Kaffee?«, fragte Theo, der gerade aus der kleinen Küche hinter dem Tresen kam.

»Nein, danke, ich muss zur Arbeit«, sagte Seliger und verließ eilig das Café, ohne noch einmal an den Platz hinter der Yucca-Palme zurückzukehren.

Am Abend kam er übermüdet nach Hause. Während er sich in Schuhen aufs Bett fallen ließ, fiel ihm ein, dass er vergessen hatte, sich im »Netz«auszuloggen.

Eine Woche blieb Seliger dem Internet-Café fern. Dann hielt er es nicht länger aus.

»Hier, den haben Sie neulich vergessen!«, begrüßte ihn Theo mit seinem Nutzer-Ausweis in der Hand.

»Danke«, sagte Seliger, nahm die Plastik-Karte und ging an seinen Stammplatz.

Nachdem er die ersten neun Level gespielt hatte, kam er ohne Verzögerungen zu seinem Avatar. Das Spiel schien die Angaben der letzten Sitzung gespeichert zu haben. Die erste flammende Botschaft lautete diesmal jedoch anders: »Wer das höchste Gut erringen will, muss sich selbst überwinden.«

»Toll!«, brummte Seliger und begann den Joystick zu traktieren. Er hatte vorsorglich eine Flasche Wasser dabei und zwang sich zu trinken. Er würde dieses elende Spiel knacken! Es galt nur, kühlen Kopf zu bewahren.

Als nach drei Stunden vergeblichen Kampfes, sein Schatten nicht aufgetaucht war, klickte er auf die Escape-Taste, um für diesmal abzubrechen. Ohne Vorwarnung verwandelte sich das Schwarz des Bildschirms in blutiges Rot, das die Gestalt des Avatars völlig schluckte. Dafür erschien in schwarzer Schrift eine Botschaft: »Sie haben sich nicht selbst gefunden. Sie haben das höchste Gut nicht errungen. Ihr Leben ist nun zu Ende.« Anschließend stürzte der Rechner ab.

Einen Moment lang war Seliger beeindruckt. Dann knurrte er: »Ach, leck mich doch!« und ging nach Hause.

Drei Tage später lag ein Umschlag in seinem Briefkasten. Er enthielt die Rechnung eines Notars namens Holger Wehr über die Errichtung und Beurkundung von Seligers Testament. Die Abschrift des selbigen lag bei. Als Erbe war Theo Brechtel eingesetzt. Das Testament war von Seliger eigenhändig unterschrieben. Die Namen der unterzeichneten Zeugen hatte Seliger nie gehört.

Holger Wehr hatte seine Kanzlei im Westend. Seliger fuhr mit der Bahn hin. Der Notar residierte im 3. Stock eines alten Bürogebäudes. Seliger nahm den Aufzug. Als sich die Türen öffneten, stand er mitten im Vorzimmer des Notars. Nüchterne Eleganz bestimmte den Ton. Auch den der Empfangsdame, die Seliger mitteilte, Herr Wehr befinde sich nicht im Hause, werde erst morgen wieder erscheinen. Überdies sei der Terminkalender randvoll. Seliger winkte ab. Er hatte nicht vor, auf einen Termin zu warten. Die Sache duldete keinen Aufschub. Er würde diesen Wehr schon zu fassen kriegen.

Mit dem Lift fuhr er wieder nach unten und schaute sich auf dem Firmenschild die Bürozeiten an. Die Kanzlei öffnete jeden Tag um 10.00 Uhr. Seliger würde früh genug da sein. Er ging zur nahen Bahnhaltestelle. Unterwegs kam ihm ein roter Alfa entgegen. Seliger sah ihm nach. Der Wagen hielt vor dem Gebäude, das er selbst kurz zuvor verlassen hatte. Niemand stieg aus.

Seliger ging weiter, setzte sich in den Unterstand der Haltestelle. Als die Bahn kam, blieb er sitzen und beobachtete weiter den Alfa. Nach einer Weile kam Manuela aus dem Bürogebäude und stieg ein.

Seliger fuhr nicht nach Hause, sondern direkt zum »Netz«. Theo war nicht da. Seligers Platz war besetzt: ein abgerissen aussehender Typ mit Stoppelhaar. Er saß im Rollstuhl. Hinter der Theke stand ein Gorilla im Muskel-Shirt mit einem Muttermal auf der linken Wange. Seliger starrte ihn an. »Haben Sie nicht früher auch mal im Rollstuhl gesessen?«

»Wie bitte?« Der Gorilla sah ihn an, als wäre er nicht ganz bei Trost.

Seliger schüttelte den Kopf und ging nach Hause.

Am nächsten Morgen meldete er sich krank und machte sich beizeiten auf den Weg ins Westend, um Holger Wehr vor seiner Kanzlei abzufangen.

In der Bahn saß ihm eine ältere Dame gegenüber und blätterte in der Zeitung. Seligers Blick schweifte desinteressiert über die ihm zugewandten Seiten, als er seinen eigenen Namen las. Fett gedruckt in einem mit schwarzen Linien umrahmten Feld.

Er riss der Dame die Zeitung aus der Hand. Tatsächlich: sein Nachruf! Als Todesdatum war der Tag angegeben, an dem er das Spiel verloren hatte.

Die Dame protestierte lautstark. Einige Fahrgäste sahen missbilligend auf. Seliger beachtete sie gar nicht. An seiner Haltestelle sprang er aus der Bahn und nahm die Zeitung mit.

Ohne links oder rechts zu schauen, rannte er auf das Bürogebäude zu. Den roten Alfa sah er erst, als er selbst schon durch die Luft segelte. Seine letzten Momente erlebte er wie in Zeitlupe. Überdeutlich sah er dabei das Gesicht des Fahrers, ehe er über die Motorhaube gegen die Frontscheibe donnerte. Es verriet kein Erschrecken, nicht einmal Staunen. Das Muttermal auf der linken Wange blieb blass.

Das letzte, was Seliger hörte, als er auf dem harten Asphalt starb, waren die Worte eines Zeugen: »Er hat nicht richtig geschaut«, sagte der Mann. »Selbst schuld.« Wenig mitfühlend klang das. Der Mann brauchte offenbar sein ganzes Mitleid für sich selbst. Er saß im Rollstuhl.

# Alex im Wunderland

Alex Wunder hasste seinen Familiennamen. Zum einen lag das an den überhöhten Erwartungen, die man an ihn als »Wunderknaben« immer herangetragen hatte, zum anderen glaubte er nicht an Übersinnliches. Meist entpuppte sich so etwas doch nur als flüchtige Attraktion, wenn nicht sogar als glatter Betrug.

Angefangen hatte seine Misere schon damit, dass die Eltern ihn aufgrund seiner späten Geburt als ihr kleines persönliches Wunder betrachteten. Da Alex' Schwester Lina neunzehn Jahre älter war, wuchs er als Einzelkind auf und hatte kaum Kontakt zu Gleichaltrigen. Den Eltern fehlte jeglicher Maßstab, die Erinnerungen an Linas Kindheit waren längst verblasst. Andächtig wurde jeder seiner tapsigen Schritte bestaunt, jedes halbwegs verständliche Stammeln bewundert – der Kleine war einfach genial.

Der Glaube daran verließ die Eltern erst, als Alex aus der Grundschule nur mittelmäßige Zeugnisse mit nach Hause brachte und schließlich, nach der sechsten Klasse, vom Gymnasium flog. Die Mittlere Reife schaffte er ebenso wie die anschließende Schlosserlehre nur mit Mühe.

Das Interesse seiner Mutter an Wundern verlagerte sich auf die spiritistische Ebene. Sie schloss sich einem Hausfrauen-Zirkel an, der vom Kartenlegen bis hin zum Stühlerücken allerlei Hokuspokus trieb. Der Vater dagegen verschwand nach der Pensionierung in seinem Hobby-Keller. Dort vertrieb er sich mit wunderlichen Basteleien die Zeit und tauchte daraus nur noch zu den Mahlzeiten und zum Schlafen auf.

Vorübergehend vermochte Alex' Hochzeit mit Fiona die Familie im Glauben zu vereinen, das so wundersam und schneewittchengleich erschienene schöne Kind könne ihrer aller Leben aus der Tristesse erretten. Während seines Notdienstes hatte Alex sie am Set einer Daily Soap kennen gelernt. Er war dorthin beordert worden, um einen Metallsarg aufzuflexen, bei dem sich der Deckel verklemmt hatte. Herausgestiegen war Fiona, die einen dreißigsekündigen Gastauftritt als Leiche absolvieren durfte.

Fünf Wochen nach der Geburt von Söhnchen Loris fand jedoch auch dieses Märchen ein unerfreuliches Ende. Fiona hatte von einem heimlichen Verehrer einen Zauberspiegel geschenkt bekommen, darin entdeckt, dass sie für die Mutterrolle viel zu jung und schön war, und sich mit ihrem neuen Prinzen aus dem Staub gemacht.

Das Interesse der anfangs noch stolzen Großeltern an Wunderkindern schien nun vollends verflogen, die Oma widmete sich wieder ihrem spiritistischen Zirkel und der Opa verschwand endgültig im Keller. Alex nahm Elternzeit und kümmerte sich alleinerziehend um Sohnemann Loris.

Über die erste Verlegenheit half ihm Ex-Schwager Manfred mit einem Crash-Kurs in Säuglingspflege hinweg. Alex' Schwester Lina hatte sich nach ihrer Scheidung gänzlich von der Familie abgewandt, während Manfred immer noch regelmäßigen Kontakt zu Alex aufrechterhielt. Die Zwillinge, die mittlerweile beide studierten, waren zwar Lina zugesprochen worden, aber Manfred hatte es sich nie nehmen lassen, den fürsorglichen Vater zu geben.

»So was verlernt man nicht«, erklärte er Alex, während er Loris den Hintern abwischte und tüchtig Wundschutzcreme auftrug.

»Kapier ich nicht.« Alex zuckte die Achseln.

»Nun stell dich nicht so an, du nimmst hier die…«

»Nein, ich kapier nicht, was du so toll daran findest, vollgeschissene Windeln zu wechseln.«

Manfred runzelte die Stirn. »Du hast schon Muffensausen, bevor es mit deinem Papa-Job überhaupt richtig angefangen hat, was?«

»Job ist gut. Ich weiß überhaupt nicht, wie ich die Kohle auftreiben soll. Das Elterngeld reicht hinten und vorne nicht.«

»So üppig hast du als Schlosser aber doch gar nicht verdient.« Manfred grinste. »Und mit Saufen und Zocken ist es jetzt eben vorbei!«

»Ja, und mit meinen kleinen Nebenjobs auch.«

»Du meinst…« Manfred pfiff durch die Zähne. »Hat das bisschen Schwarzarbeit tatsächlich so viel gebracht?«

»Hast du eine Ahnung!«

»Und du hattest keine Angst, dass sie dich mal am Kanthaken kriegen?«

Alex schüttelte den Kopf.

»Und ich dachte immer, du bist ein gesetzestreuer Handwerker, der nur hin und wieder mal jemandem einen kleinen Gefallen tut und dabei auch noch umkommt vor schlechtem Gewissen.« Er sah Alex lauernd an.

Loris brüllte, weil er keine Lust hatte, länger auf dem Wickeltisch zu liegen. Manfred legte ihn auf die Krabbeldecke und warf ihm eine Rassel hin. »Vielleicht solltest du dir einen anderen Nebenjob suchen, einen bei dem du den Kleinen mitnehmen kannst.«

Alex runzelte die Stirn.

»Du hast nie gefragt, woher ich die Knete für meine Fernost-Reisen habe«, sagte Manfred. »Ich hielt es daher auch nicht für nötig, dir von meiner – wie soll ich sagen – Nebentätigkeit zu erzählen.« Er machte eine eindeutige Handbewegung.

»Du klaust?« Alex sah ihn ungläubig an.

Manfred zuckte die Achseln. »Nachdem ich mir schon als Jugendlicher die nötige Fingerfertigkeit antrainiert hatte, habe ich mich intensiv damit auseinandergesetzt, wie man am besten vorgeht, um nicht erwischt zu werden.« Er machte eine Kunstpause, in der er Alex bedeutungsvoll ansah. »Am besten funktioniert es mit Kindern.«

»Du willst doch nicht etwa sagen, dass du irgendwelche Knirpse zum Klauen anstiftest, so wie diese professionellen Diebesbanden aus dem Osten!«

»Na hör mal! Ich bin nicht so feige und lass Kinder für mich die Kohlen aus dem Feuer holen«, schnaubte Manfred verächtlich. »Aber Kinder sind die perfekte Tarnung. Je jünger sie sind und je mehr du dabei hast, desto besser. Eltern mit Kindern traut niemand etwas Böses zu. Überdies wirken sie mit ihren Sprösslingen meist heillos überfordert. Und Wickeltaschen und Kinderwagen eignen sich prima als Versteck. Mit den Zwillingen hab ich die Methode damals perfektioniert. Einmal musste ich Trinchen allerdings sogar eine Brieftasche in die volle Windel schieben.«

»Du schreckst wohl vor gar nichts zurück!«, empörte sich Alex, der zwischen Ekel und Bewunderung für seinen Schwager hin und her gerissen war.

»Natürlich musst du den richtigen Ort auswählen«, erklärte Manfred. »Wenn du hingehst, wo es von eingefleischten Singles nur so wimmelt, die zudem alle auch noch piekfein angezogen sind, hast du keine Chance. Die halten sich naserümpfend von dir fern, damit deine Kinderchen ihnen ja nicht die Klamotten versauen. Was du brauchst sind kinderliebe Menschen, die gerne mal Dutzi-Dutzi oder Wulle-Wulle mit den Kleinen machen. Wenn du einen richtigen Fischzug machen willst, gehst du am besten dorthin, wo viele von ihnen auf einmal herumlaufen. In der Regel sind das

Leute, die selbst Kinder haben und die findest du vor allem in Zoos und Freizeitparks. Da kannst du dann auch sicher sein, dass sie was in der Brieftasche haben.«

Alex kam aus dem Kopfschütteln nicht mehr heraus. »Und du hattest nie Skrupel, andere Eltern zu beklauen, sozusagen deine Leidensgenossen?«

»Anfangs schon«, räumte Manfred ein, »aber irgendwann sagst du dir: Wieso nicht? Schließlich sind da auch viele reiche Säcke drunter, nur dass sie eben ihre Kinder dabeihaben. Wenn du einem nach Geld stinkenden Geschäftsmann in der Fußgängerzone die Brieftasche ziehst, weißt du auch nicht, wie viele Mäuler er zu stopfen hat.«

»Und jetzt?«, fragte Alex.

»Wie jetzt?«

»Na, was machst du denn jetzt. Die Zwillinge sind doch längst erwachsen und…«

»Ach so!« Manfred grinste. »Dafür hab ich jetzt Prinz. Mit Hunden funktioniert es fast noch besser als mit Kindern.«

Ein knappes Jahr nach diesem denkwürdigen Gespräch glaubte Alex Wunder den Bogen endgültig herauszuhaben. Nach einer längeren, von Manfred behutsam begleiteten Einarbeitungsphase hatte er vor einem Monat im Frankfurter Zoo mit einer Beute von knapp 3.000 Euro sein Meisterstück gemacht. Als nächstes Ziel hatte er das Senkenberg-Museum anvisiert, doch dann hatte Manfred ihn gebeten, Prinz während seiner China-Reise zu versorgen. Alex musste umdisponieren und nun zerrte der ungarische Hirtenhund ihn, samt Loris im Buggy, durchs Taunus-Wunderland.

Alex hatte zunächst gezögert, als Manfred ihm den Freizeit-Park in der Nähe von Schlangenbad als Alternative zum Museum vorgeschlagen hatte. Allein schon der Name schreckte ihn. Alles was mit Wundern zu tun hatte, war ihm immer noch suspekt. Er erinnerte sich, als Kind dort gewesen zu sein. Damals war es ein reiner Märchenwald, idyllisch eingebettet in die hügelige Taunuslandschaft. Zwischen Bäumen und Sträuchern versteckte kleine Häuschen, vor denen man die Figuren aus den bekanntesten Märchen bestaunen und auf Knopfdruck den Erzählungen vom Band lauschen konnte. Besonderen Eindruck hatten die im Waldstück aufgestellten Dinosaurier gemacht. Sie waren ihm wahrhaft monströs und unheimlich vorgekommen.

Als er nun nach vielen Jahren wiederkam, wunderte er sich über den hohen Eintrittspreis und die seltsamen Blicke, mit denen die Frau an der Kasse Loris und ihn musterte. Er fühlte sich unwohl. Ein Gefühl, das sich im Innern des Parks noch verstärkte. Es gab nichts, was den hohen Eintrittspreis rechtfertigte. Achterbahn, Wildwasserfahrt, Kettenkarussell, Riesenrutschen, Wasserski-Simulator – das war noch nichts für Loris, dafür war er noch viel zu klein. Alex konnte wenig unternehmen, außer spazieren zu gehen und sich dabei mit ihm die Märchenhäuschen und Dinosaurierfiguren anzuschauen, die immer noch an ihren alten Plätzen standen. Er mühte sich wie ein von seiner Frau und den größeren Kindern im Stich gelassener Papi auszusehen.

Nachdem er vor dem Haus der bösen Hexe, im Streichelzoo und auf der Herrentoilette jeweils eine Brieftasche erbeutet hatte, setzte er sich, während Loris sein Mittagsschläfchen hielt, ins Panorama-Restaurant und genoss den Ausblick auf die umliegenden Taunus-Hügel.

Im Radio liefen die neuesten Meldungen zu dem Raubüberfall auf ein Wiesbadener Juweliergeschäft, bei dem am Vortag Uhren und Schmuck im Wert von über einer halben Million erbeutet worden waren. Der von den Räubern angeschossene Angestellte war im Krankenhaus seinen Verletzungen erlegen, die Gangster, ein Mann und eine Frau, waren nach wie vor flüchtig. Der Juwelier hatte für Hinweise, die zu ihrer Ergreifung führten, eine Belohnung von zehntausend Euro ausgesetzt. Die Polizei warnte jedoch vor eigenmächtigem Handeln.

Alex rührte nachdenklich Zucker in seinen Kaffee. Aus den drei Brieftaschen hatte er an einem kompletten Vormittag zusammen nicht einmal 500 Euro herausgeholt. Am meisten war noch in dem Geldbeutel gewesen, den er dem Typen in der Herrentoilette aus der Gesäßtasche gezogen hatte. Zuerst hatte Alex vermutet, er gehöre zum Reinigungspersonal. Der kleine Mann hatte wie ein Indio ausgesehen und dreingeblickt, als hätte er gerade eine Reihe beschissener Kloschüsseln geschrubbt. Doch dann hatte Loris die Plüschgiraffe aus dem Kinderwagen fallen lassen und der Mann hatte sich unters Waschbecken gebückt, um sie aufzuheben. In diesem Moment hatte Alex zugegriffen. Während der Mann mit finsterem Lächeln dem Jungen die Giraffe in die Hand drückte, hatte Alex seine Beute in der Windeltasche verstaut. Neben verschiedenen Ausweisen und Kreditkarten, die er nicht anrührte, hatte die Brieftasche 260 Euro enthalten.

Alex verzog angewidert das Gesicht. Der Kaffee schmeckte nicht. Er hatte zuviel Zucker hineingeschüttet. Wenigstens schlief Loris friedlich. Auch der Hund schien müde zu sein und ihm ein wenig Mittagsruhe gönnen zu wollen. Alex überlegte, ob er sich einen neuen Kaffee bestellen sollte. Er seufzte. Die Schmuckräuber hatten in einer halben Stunde locker das Tausendfache seines Vormittagsverdienstes eingesackt. Vielleicht sollte er es auch einmal mit so etwas versuchen. Irgendwie musste man sich ja weiterentwickeln. Von der Schwarzarbeit über Taschendiebstahl zum Juwelen-Räuber – ein rasanter Aufstieg, aber warum eigentlich nicht. Nur mit Schusswaffen hatte Alex es nicht so. Aber vielleicht könnte er es später, wenn Loris noch etwas größer war, ja mal mit einer Spielzeugpistole probieren.

Und dann entdeckte er Fiona. Sie hatte ihre schwarzen Haare wasserstoffblond gefärbt, war viel zu grell geschminkt und Alex fand, dass sie in ihrem langen roten Ledermantel nicht mehr wie ein aufstrebendes Filmsternchen, sondern eher wie eine billige Schlampe aussah. Zu allem Überfluss schien sie auch noch schwanger zu sein. Sie musste ihn gesehen haben, denn sie kam geradewegs auf ihn zu.

Alex fluchte. Irgendwie hatte er geahnt, dass es kein Glück bringen würde, ins Taunus-Wunderland zu gehen. Es musste tatsächlich am Namen liegen. Dabei hatte seine Mutter ihm sogar noch gesagt, sein Horoskop für diesen Tag sei sehr verheißungsvoll. Aber darauf hatte Alex sowieso nie etwas gegeben.

Robert Weichfels, in Ganovenkreisen als der steinharte Robby bekannt, hatte von seiner Mutter einst zu hören bekommen, dass Frauen einmal sein Verderben sein würden. Obwohl all seine Erfahrungen ihrer Prophezeiung Recht gaben, konnte er die Finger nicht von ihnen lassen.

Luzy, seine neueste Errungenschaft, war die Ex seines Kumpels Igor. Sie hatte in einer von Igors Bars hinter der Theke gearbeitet, meist aber in einem zum Filmstudio umfunktionierten Hinterzimmer sich als Lazy Luzy von devoten Lustknaben für billige Internetpornos bedienen lassen. Igor hatte nichts dagegen, dass Robby sich für seine erloschene Flamme interessierte. Er schien sogar froh zu sein, sie auf diese Art loszuwerden. Und Luzy war von Anfang an nicht nur an Robby, sondern auch an seinen Transaktionen interessiert gewesen. Sie hatte sich in jeder Beziehung als äußerst anstellig erwiesen.

So hatte Robby sie sogar bei seinem letzten Coup mitgenommen. Leider war es zu Komplikationen gekommen und er hatte den jungen Helden, der die Klunker nicht herausrücken wollte, über den Haufen schießen müssen. Den Schweizer Abnehmern hatte das gar nicht gefallen und sie hatten kurzerhand die Übergabe des Schmucks um einen Tag verschoben. Robby war gezwungen, neu zu planen.

»Warum nicht im Taunus-Wunderland?«, schlug Luzy vor. »Wenn ich dich begleite, ist das die perfekte Tarnung. Wir machen auf Familie. An so einem Ort rechnet kein Mensch mit einem Deal wie diesem. Und deine Geschäftspartner werden sich hüten, Ärger zu machen, wenn so viele Kinder herumwuseln.«

Die Kleine war clever. Robby zögerte nicht lange. Schließlich hatte Luzy sich trotz der Ballerei in dem Juwelierladen wacker gehalten. Er sah keinen Grund, sie zu der Übergabe nicht mitzunehmen. Und wenn die Schweizer wieder diesen finsteren Kolumbianer schickten, wie beim letzten Mal, konnte es nicht schaden, Verstärkung dabeizuhaben. Also bestellte er den Kurier, auf Luzys Vorschlag hin, für 12 Uhr mittags – »High Noon«, hatte sie gefeixt – zur Geisterhöhle im Taunus Wunderland.

Schon um 11 Uhr fanden sie sich in dem Freizeit-Park ein, damit Robby sich mit den Gegebenheiten vertraut machen konnte. Das Froschkonzert am Eingang, vor dem zwei alberne Gören sich damit amüsierten überlebensgroße Tierfiguren herumquaken zu lassen, nervte unsäglich, überzeugte ihn aber endgültig, dass hier tatsächlich niemand mit polizeilich gesuchten Juwelenräubern und Hehlern rechnen würde.

Um als Kinderlose nicht aufzufallen, benahmen sie sich wie Frischverliebte, die den Park schon einmal für ihren zukünftigen Nachwuchs testen wollten. Nachdem Luzy ihm die Geisterhöhle gezeigt hatte, tranken sie Kaffee und spazierten noch eine Weile herum, trennten sich dann aber, um auf verschiedenen Wegen zur Geisterhöhle zurückzukehren. Es war ausgemacht, dass Robby sich mit dem Kurier alleine treffen sollte.

Punkt 12 Uhr stand Robby am vorderen Eingang des dunklen Tunnels. Luzy sollte von der anderen Seite hineingehen und im Innern warten, um die Übergabe unauffällig zu überwachen.

Drei Minuten nach zwölf tauchte der Kolumbianer auf. Er musste Robbys Ankunft vor der Höhle beobachtet haben, ließ sich das aber nicht anmerken. Er starrte finster vor sich hin. Robby sah, wie zwei Jungs miteinander tuschelten und auf den fremdländisch aussehenden kleinen Mann deuteten. Er glaubte etwas wie »böser Zwerg« zu verstehen.

Robby hatte 250 000 Euro ausgehandelt. Die Klunker waren mindestens das Doppelte wert, aber er wollte sie möglichst schnell loswerden und die Schweizer hatten sich bisher immer korrekt verhalten. Nur dieser Kolumbianer war ihm unheimlich.

Er und Robby trugen jeweils einen Umhängebeutel aus braunem Segeltuchstoff bei sich. Luzy hatte den Vorschlag gemacht, dass der Austausch im Dunkeln vonstatten gehen solle, damit garantiert niemand etwas mitbekäme. Robbys Einwand, er kaufe nicht gerne die Katze im Sack, hatte sie damit entkräftet, dass es draußen auch nicht möglich sei, das Geld zu zählen oder den Schmuck zu prüfen. Ein Mindestmaß an Vertrauen sei ja wohl bei diesem Geschäft vonnöten. Robby hatte ihr Recht geben müssen.

144

Er ging in den Tunnel und wenige Augenblicke später folgte ihm in gebührendem Abstand der Kolumbianer. Es war stockfinster, nur an einigen Stellen lagen zur Orientierung Lichtschläuche auf dem Boden. Robby blieb in einem der Seitengänge an einem Gitter stehen. Dahinter lag ein bleich schimmerndes Skelett. Irgendwo kreischten ein paar Gören, ein blödelnder Vater röhrte wie ein brünstiger Hirsch. Eine Hand griff von hinten nach dem Beutel in Robbys Hand. Robby hielt fest, drehte sich um, griff auch nach hinten. Ins Leere. Dann hörte er neben sich ein dumpfes Geräusch, gleich darauf spürte er einen Schlag auf den Schädel. Und im nächsten Moment war es nicht mehr nur um ihn, sondern auch in ihm völlig finster.

Pedro Escobar hatte immer gewusst, dass man Frauen aus Geldgeschäften heraushalten musste. Ausgerechnet seine Mutter hatte ihm diese Weisheit gleichsam in die Wiege gelegt, indem sie seinen Vater schon kurz nach Pedros Geburt ins Grab gebracht hatte. Jeronimo Escobar hatte für einen der großen Drogenbarone gearbeitet und den Fehler gemacht, seiner Frau einen Koffer anzuvertrauen, dessen Inhalt so sehr an Waschpulver erinnerte, dass sie nicht widerstehen konnte zu testen, ob jemand den Unterschied bemerkte. Als Witwe hatte sie sich dann aus solchen Geschäften herausgehalten und mit Waschpulver nur noch in der Wäscherei zu tun, die dem Drogenbaron gehörte und in der man ihr einen Job gab, damit sie sich und ihr Söhnchen durchbringen konnte.

Sobald Pedro alt genug war, auf eigenen Füßen zu stehen, musste er mitarbeiten, hatte aber schon bald keine Lust mehr, den Laufburschen für die Mörder seines Vaters zu spielen und ging nach Europa, wo er schließlich bei einem

Unternehmen landete, das in großem Stil mit Schmuck handelte. Zu mehr als zum Laufburschen hatte er es dort allerdings auch nicht gebracht.

Pedro war ein Mann fürs Grobe, klein, aber unglaublich zäh und hart im Nehmen. Der Schlag in der Geisterhöhle hatte ihn nur kurz außer Gefecht gesetzt. Als er aus dem Tunnel herauskam, war er fast schon wieder völlig Herr seiner Sinne.

Den verdammten Gringo dagegen hatte es schwerer erwischt. Pedro zweifelte nicht daran, dass die schwarzhaarige, schwangere Nutte dahintersteckte, mit der er den Gringo in den Park hatte kommen sehen. Ihr Bauch war unecht gewesen und lag noch in der Höhle, während die beiden Segeltuchbeutel verschwunden waren. Jeronimo wusste sofort, was Sache war, als er das prall gefüllte Ding neben diesem bewusstlosen Schwachkopf ertastet hatte. Schließlich war es nicht das erste Mal, dass ihm jemand einen Sandsack an den Kopf geschlagen hatte.

Ohne den Gringo weiter zu beachten, machte er sich an die Verfolgung der Schlampe. Er vermutete, dass sie den schnellsten Weg zum Parkplatz eingeschlagen hatte. Am Tunnelausgang blieb er blinzelnd stehen, um sich erst einmal zu orientieren.

Er war auf der falschen Seite herausgekommen. Der Weg vor ihm führte zum nahe gelegenen Panorama-Restaurant, in dem gerade eine hochschwangere Frau verschwand. Ihr roter Mantel und die blonden Haare konnten Pedro nur einen Moment lang täuschen. Während er benommen am Boden gelegen hatte, musste sie sich in der Höhle verkleidet haben. Der braune Segeltuchbeutel über der Schulter verriet sie dennoch. Den anderen trug sie vermutlich an Stelle des Sandsacks vor dem Bauch.

Langsam ging Pedro auf den Eingang des Lokals zu. Es galt Aufsehen zu vermeiden. Seit ihm dieser hinterlistige Schuft mit dem Kinderwagen die Brieftasche gestohlen hatte, besaß er nicht einmal mehr seine falschen Papiere, die ihn als Diplomaten der Republik Kolumbien auswiesen und ihm schon einige Male aus der Patsche geholfen hatten. Leider hatte er den Diebstahl zu spät bemerkt und nicht mehr die Möglichkeit gehabt, sein Eigentum zurückzuholen. Der Gang zur Toilette hatte sowieso schon wertvolle Zeit gekostet, während der er seine beiden Kunden aus den Augen verloren hatte. Nur so war es der Schlampe überhaupt gelungen, sich von ihrem Freund zu trennen, ohne dass Pedro wusste, wo sie steckte.

Vorsichtig schob er die Tür des Restaurants auf. Und erstarrte. In einiger Entfernung stand die Schlampe bei eben jenem hinterlistigen Dieb am Tisch und der riesige Köter, der vor der Toilette angebunden gewesen war und nun zu Füßen des im Kinderwagen schlummernden Jungens lag, sprang bei Pedros Anblick auf und knurrte wütend in seine Richtung.

Pedro machte die Tür schnell wieder zu. Sie hatten ihn noch nicht gesehen. Offenbar waren sie zu sehr mit sich selbst beschäftigt, um dem Hund Beachtung zu schenken. Pedro musste nachdenken.

Der Dieb mit dem Kinderwagen war also ein Komplize dieser Schlampe. Wahrscheinlich hatte er ihm die Papiere nur gestohlen, um ihm nun die Polizei auf den Hals zu hetzen. Ein Ausländer ohne gültige Papiere, ein Illegaler, womöglich gar ein Terrorist! Unwillkürlich fasste Pedro nach dem Griff der halbautomatischen Pistole im Schulterholster. Sie war noch da. Im ersten Augenblick wusste er nicht, ob er aufatmen oder sie im nächsten Gebüsch entsorgen sollte.

Auf eine offene Konfrontation durfte er es nicht ankommen lassen. Bei seinen Aufträgen operierte er völlig auf sich allein gestellt. Aber die feinen Herren in der Schweiz liebten es ganz und gar nicht, wenn Außenstehende bei ihren Geschäften in Mitleidenschaft gezogen wurden. Und diese beiden hier waren sogar skrupellos genug, ein kleines Kind als Schutzschild zu missbrauchen. Zudem war da noch dieser Köter, der ihn offenbar auch nicht sonderlich ins Herz geschlossen hatte.

Er beschloss, ihnen unauffällig zu folgen und eine günstige Gelegenheit abzuwarten.

Fiona, die sich für ihre freizügigen Internetauftritte den Namen Luzy zugelegt hatte, hängte sich an ihren Verflossenen wie an einen rettenden Engel.

Alex war ein Volltrottel, das zeigte alleine die Tatsache, dass er für teures Geld mit dem Bengel in einem Freizeitpark spazieren ging, ohne die Angebote überhaupt nutzen zu können. Andererseits grenzte sein Auftauchen in diesem für sie so günstigen Augenblick an ein echtes Wunder.

Robby hatte sie mit dem Sandsack tief ins Land der Träume geschickt, dessen war sie sich sicher. Der steinharte Robby besaß in Wahrheit eine ziemlich weiche Birne. Nicht zuletzt deshalb hatte sie sich mit ihm zusammengetan. Sie hatte gewusst, dass irgendwann ihre große Chance kommen würde. Bei diesem kleinen Indianer dagegen war sie sich nicht so sicher. Den durfte man nicht unterschätzen. Er hatte zäh ausgesehen und würde ihr auf den Fersen bleiben, das spürte sie.

Deshalb hatte sie auch nicht den Fehler begangen, direkt zum Ausgang zu rennen. Cool bleiben, hieß die Devise. Die blonde Perücke und der Wendemantel waren als Tarnung

nicht schlecht, zusammen mit einem Kinderwagen schieben-
den Mann und dem Hund waren sie nahezu perfekt. Die
verräterische Umhängetasche mit dem Geld hatte sie im Ab-
lagefach unter dem Buggy verstaut. Gerne hätte sie auch den
Bauchbeutel mit dem Schmuck abgelegt, zumal er ihr zu-
nehmend auf die Blase drückte. Aber sie hatte Alex schon
unter Tränen der Reue erzählt, der Kindsvater habe sie im
Stich gelassen, so wie sie einst Alex, und nun, da sozusagen
der Himmel sie beide wieder vereint habe, könnten sie doch
auch für immer zusammenbleiben.

Im ersten Moment schien Alex es geschluckt zu haben.
Vielleicht wollte er aber auch nur das Urteil des immer noch
schlafenden Loris abwarten, ehe er sie wegjagte.

Fiona hatte sich den Plan des Wunderlandes genau einge-
prägt und steuerte den Buggy kreuz und quer durch den
Park, während Alex den Hund an der Leine führte. Je näher
sie dem Ausgang kamen, desto stärker merkte sie, dass Alex
sie loswerden wollte. Sie schob Loris nur noch mit einer
Hand, schnappte sich Alex´ freien Arm und hängte sich fest
bei ihm ein.

Dann jedoch wurde der Druck auf ihrer Blase übermäch-
tig. Sie verfluchte den Kaffee, den sie mit Robby getrunken
hatte und suchte verzweifelt nach einer Möglichkeit, auf die
Toilette zu gehen, ohne dass Alex davonlief.

Und wieder geschah etwas, das für sie an ein Wunder
grenzte. Loris erwachte und sagte bei ihrem Anblick laut
und vernehmlich: »Mami!«

Sie wusste nicht, dass ihr Söhnchen wahllos jede Frau so
ansprach. Im Grunde war ihr der Kleine auch völlig egal. In
dieser Situation aber verlieh ihr das scheinbar so vertrauensvoll hervorgestoßene Wort den Mut, Vater und Sohn für ein
paar Minuten aus den Augen zu lassen. Nicht ohne sie aber

vorher auf ein Kinderbähnchen zu setzen, dessen Fahrt erst zu Ende sein würde, wenn sie ihr Geschäft erledigt hätte.

Als sie kurz darauf zutiefst erleichtert aus der Kabine der Damentoilette trat, packten sie zwei braune Hände von hinten an der Kehle und drückten ihr die Luft ab.

Sie versuchte um sich zu schlagen. Es half nichts, die Hände hielten sie wie in einem Schraubstock. Die Sicht verschwamm, dunkle Schleier waberten vor ihren Augen. Da! Bevor endgültig alles schwarz wurde, tauchte Robby wie eine Vision aus dem Nebel auf. Der steinharte Robby, Robby ihr Retter!

Doch nun zeigte sich, wie weich Robbys Birne tatsächlich war. Statt zu helfen, rammte ihr der Idiot sein Stilett in den Bauch und schlitzte ihn auf, dass die Klunker auf die schmutzigen Fliesen purzelten.

Immerhin ließ der Indianer endlich von ihrer Gurgel ab. Fiona sank auf Schmuck im Wert von einer halben Million und japste nach Luft.

Das nächste, was sie wahrnahm, war ein fürchterlicher Knall, gefolgt von beißendem Gestank und einem Brennen in den Augen. Etwas Schweres fiel über sie.

Als sie wieder klar sehen konnte, lag Robby auf ihr, blutüberströmt. Nur zwei Schritte entfernt hockte der Indianer unter dem Waschbecken, nicht minder blutig, mit einem Messer im Wanst, und glotzte sie aus glasigen Augen an.

Nachdem er Loris im Laufställchen mit seiner Pulle und einer Lage Kekse ruhig gestellt hatte, schaltete Alex das Radio an. Er wollte wissen, was es mit den Einsatzwagen auf sich hatte, die ihm, kurz nachdem er den Parkplatz des Wunderlandes verlassen hatte, mit Blaulicht entgegengekommen waren.

Natürlich wartete er nicht in dieser albernen Kinderbahn auf Fiona. Als sie verschwand, zögerte er einen Moment. Aber dann tauchte dieser kleine Indio auf, dem er die Brieftasche gemopst hatte, und fummelte an Loris' Kinderwagen herum. Zum Glück war Prinz aufmerksam und lehrte ihn Mores. Der Indio machte sich in die Hosen, jedenfalls verschwand er ebenfalls auf die Toilette. Alex zögerte keinen Augenblick länger. Er packte Loris, schwang sich unter den missbilligenden Blicken der übrigen Eltern noch während der Fahrt von der Bahn und machte sich aus dem Staub.

»… handelt es sich um die beiden Räuber, die gestern in einem Wiesbadener Juwelier-Geschäft Uhren und Schmuck im Wert von rund einer halben Million Euro erbeutet hatten«, klang es aus dem Radio.

Alex horchte auf. Für einen Moment stieg Ärger in ihm hoch, Ärger über Fiona und darüber, dass sie ihm seinen Schnitt versaut hatte.

»Die Identität des dritten Mannes, der, ebenso wie der von ihm angeschossene Räuber, auf dem Weg ins Krankenhaus an den Folgen seiner Verletzungen starb, konnte bisher nicht geklärt werden. Offensichtlich stammt der Tote aus einem lateinamerikanischen Land, vermutlich aus Peru. Die an dem Überfall in Wiesbaden beteiligte Frau blieb weitgehend unverletzt, konnte jedoch vom Personal des Freizeitparks an der Flucht gehindert und anschließend der Polizei übergeben werden. Sie trug die komplette Beute in einem Segeltuchsack am Körper.«

Alex war verwirrt. War hier die Rede von Fiona? Der braune Beutel, den sie in Loris' Buggy gelegt hatte, fiel ihm ein. Er öffnete die Abdeckung und zog ihn heraus. Als er hineinsah, war seine Verwirrung perfekt.

Bei seinen wenigen Besuchen in der U-Haft fragte Fiona nie nach dem Segeltuchbeutel, weigerte sich aber zunächst standhaft in eine Scheidung einzuwilligen. Erst nach ihrer Verurteilung gab sie endlich nach.

Alex' Verwirrung legte sich allmählich. Auch wenn er längst nicht alles verstand, so ahnte er zumindest das eine oder andere. Er behielt seine Vermutungen für sich und sprach mit niemandem über den Tag im Taunus Wunderland, nicht einmal mit Manfred.

Man musste nicht immer alles verstehen. Vielleicht geschahen ja doch manchmal noch Zeichen und Wunder…

# Abgetaucht oder Die Waffen einer Frau

»Unmöglich«, sagte Tony Pellegrino. »Sie dürfen mir glauben: Ihr Fall ist bei mir in den besten Händen, aber die Sache mit dem Schaumbad halte ich für eine ausgesprochene Schnapsidee!«

Tony behauptete von sich selbst in aller Bescheidenheit, der cleverste Detektiv der Stadt zu sein. Sein Büro befand sich in einem alten Fabrikgebäude, in dem neben ihm noch ein Bildhauer, ein Schriftsteller und eine WG mit drei ewigen Studenten hausten. »Künstler und Lebenskünstler«, pflegte Tony zu sagen, wenn man ihn auf sein Umfeld ansprach. »Da passt ein Überlebenskünstler wie ich doch wunderbar rein!«

Er kokettierte gerne damit, dem Tod schon zweimal mit knapper Not von der Schippe gesprungen zu sein. Beim ersten Mal war er auf der Jagd nach Schwarzarbeitern von einem Baukran gefallen, beim zweiten Mal war er im Zoo bei einer verdeckten Aktion mit illegalen Tierhändlern um ein Haar von einem Flusspferd gefressen worden. Er hatte den fauligen Atem des Kolosses schon dicht vor sich gespürt. Erst im letzten Moment war es den Wärtern gelungen, ihn aus dem schlammigen Becken zu ziehen. Seitdem litt er an einem Trauma bei allem, was mit Wasser zu tun hatte.

»Aber eine andere Möglichkeit sehe ich nicht«, sagte die Dame im eleganten dunkelblauen Zweiteiler, die sich als Rosalinde Röttgenstein vorgestellt hatte und seine neue Klientin werden wollte. »Das Zimmer bietet einfach keine geeigneten Verstecke und ich muss darauf bestehen, dass Sie anwesend sind, um sofort eingreifen zu können.«

»Was ist mit dem Schrank?«, schlug Tony vor. Die Dame machte auf ihn ganz den Eindruck, als müsste sie über einen gut gefüllten, womöglich sogar begehbaren Kleiderschrank verfügen, in dem er es sich bequem machen könnte.

Sie schüttelte den Kopf. »Zu Hause wäre das kein Problem, aber das Hotelzimmer hat leider keinen Schrank, sondern nur eine Kofferablage.«

»Wo gibt's denn so was? Was ist denn das für ein Hotel?« Tony musterte Rosalinde Röttgenstein misstrauisch. Wenn sie sich noch nicht einmal ein Zimmer mit Schrank leisten konnte, war es um ihre Zahlungsfähigkeit vielleicht doch nicht allzu gut bestellt.

Sie schien zu ahnen, was er dachte. »Das Hotel hat vier Sterne und ist ganz in Ordnung, machen Sie sich mal keine Sorgen!« Und belehrend fügte sie noch hinzu: »Es liegt daran, dass wir nur zwei Nächte gebucht haben. Die Zimmer haben ein spezielles Design. Man geht davon aus, dass Reisende, die nur kurz dort absteigen, ihre Koffer gar nicht erst auspacken wollen.«

»Aha«, sagte Tony nicht ganz überzeugt. »Wie wärs denn dann, wenn ich mich einfach unter dem Bett verstecke?«

»Geht leider auch nicht. Unter dem Bett befindet sich ein herausziehbarer Bettkasten. Da passen selbst Sie nicht rein!«

Tony schluckte und überlegte einen Moment, ob er ihre Äußerung als Kompliment für seinen Waschbrettbauch oder als Anspielung auf seine geringe Körpergröße werten sollte. Er selbst wies immer gerne auf die 1,65 von Humphrey Bogart hin, der schließlich als Ausbund des »tough guys« galt und die berühmtesten Detektive der Filmgeschichte verkörpert hatte. Er beschloss, Rosalindes Äußerung als Kompliment aufzufassen.

»Gibt es denn keinen Balkon?«, machte er einen letzten Versuch. »Oder würde es nicht auch reichen, wenn ich mich einfach nur so im Bad verstecke?«

»Nein«, sagte die Dame in Blau kategorisch. »Waldemar geht immer als erstes ins Bad, wenn er reinkommt. Er würde Sie sofort bemerken. Und die Gefahr, dass er die Balkontür schließt und Sie damit aussperrt, ist mir einfach zu groß.«

Tony seufzte.

»Also wollen Sie den Fall nun oder nicht?« Frau Röttgenstein wurde langsam ungeduldig. Sie stand auf. »Dieser Kommissar Brauers hat Sie wärmstens empfohlen. Er meinte, Sie seien ein Mann für alle Fälle.«

»Tjaja, da hat er ja auch recht«, sagte Tony und verfluchte Brauers mal wieder aus tiefstem Herzen. Die Zeiten, da er sich noch darüber gefreut hatte, dass sein bester Freund bei der Polizei arbeitete, waren längst vorbei. Brauers hatte nach und nach ein unglaubliches Händchen dafür entwickelt, Tony immer wieder Klienten zu schicken, die ihn in jeder Hinsicht an und meistens sogar über seine Grenzen hinausführten. Auch den Fall mit dem Flusspferd hatte Tony seinem Freund Brauers zu verdanken gehabt.

»Schön«, sagte die Dunkelblaue. »Dann darf ich Sie also bitten, sich heute spätestens um 19.30 Uhr in unserem Hotelzimmer einzufinden. Ich werde …«

»Moment«, protestierte Tony, der sich nicht erinnern konnte, schon zugesagt zu haben.

»Ja?« Das Gesicht der Dame war wie aus Stein gemeißelt, ihre Stimme kalt und glatt wie Eis.

Vor ihrem Medusenblick sank Tonys letzter Widerstand in sich zusammen. »Ich muss aber darauf bestehen, dass ich die Bade-Essenz selbst auswählen darf«, sagte er in einem Ton, der dem ihren nicht nachstehen sollte, aber dem Inhalt seiner Aussage entsprechend eher lächerlich wirkte. »Ich reagiere nämlich auf eine ganze Menge Substanzen höchst allergisch.«

Einen Moment lang blickte ihn die Röttgenstein an, als wolle sie ihn bei lebendigem Leibe verspeisen, dann lachte sie laut auf. »In Ordnung. Ich werde also auf Sie warten, damit wir das Bad gemeinsam einlassen können.«

Ihr Gesicht wurde wieder ernst. Sie zückte die Geldbörse, überlegte kurz, nickte und legte ihm dann statt der verlangten 300 Euro Anzahlung einen 500 Euro-Schein auf den Tisch.

»Seien Sie pünktlich«, sagte sie zum Abschied.

Draußen auf der Treppe glaubte Tony sie noch einmal lachen zu hören. Möglich, dass sie ihn nur zum Besten halten wollte. Und wenn schon! Er seufzte erneut und betrachtete fast ein wenig andächtig den lila Lappen, den sie ihm dagelassen hatte. Er war echt.

Punkt halb acht stand Tony auf der Bademaatte.

Er hatte seine eigene Lotion »Deep Dark Diver« mitgebracht. Rosalinde Röttgenstein schraubte den Verschluss von der schwarzen Plastikflasche, schnupperte naserümpfend und sagte angewidert: »Damit können Sie einen Holzklotz beizen, aber ich würde nie in so einem Zeug baden.«

Sie stellte ihm ein Beauty-Case vor die Nase, das schon alleine die Kofferablage füllte und ein ganzes Sortiment fragiler gläserner Flakons mit Bade-Ölen enthielt. »Es muss etwas sein, was Waldemar kennt, einer meiner ganz persönlichen Düfte, sonst schöpft er womöglich Verdacht.«

Das war klar gegen die Abmachung. Tony fügte sich nur murrend, mühte sich dann aber doch wacker, seinem Ruf als hervorragendem Privatschnüffler gerecht zu werden.

Allerdings musste er schon bald vor der olfaktorischen Wucht des aufgefahrenen Flakon-Bataillons kapitulieren. Seine Riechnerven versagten nach der elften Duftprobe den

Dienst. Ihm wurde schwarz vor Augen, alles roch nur noch nach Schwefel.

»Teufel noch eins«, brummelte er, »wir nehmen das hier.« Er hielt der Röttgenstein das nächstbeste Fläschchen hin, das ihm in die Finger geriet.

»Narzisse«, sagte die Dame, die mittlerweile den Bademantel übergestreift hatte, »wurde auch höchste Zeit!«

Sie schloss den Ablaufstöpsel, goss den kompletten Flakon in die Wanne und fing unverzüglich an, das Wasser einzulassen. »Worauf warten Sie noch? Ziehen Sie sich endlich aus! Sie sollten eigentlich drin liegen, bevor sich der Schaum bildet, damit Sie ihn beim Reinsteigen nicht ruinieren.«

Tony zögerte.

»Jetzt sagen Sie bloß noch, ich soll rausgehen, weil Sie sich genieren! Oder wollen Sie etwa mit den Kleidern da rein?«

»Es ist bloß …« Tony schüttelte den Kopf. »Wo soll ich denn meine Klamotten …?«

»Die geben Sie mir und ich packe sie einfach unter meine Matratze. Wird ihnen nicht schaden, denn sie könnten eh mal wieder gebügelt werden.«

Sie sah ihm abschätzig zu, während er sich seines Jacketts, des Hemds und der Hose entledigte. Dann nickte sie zum ersten Mal, seit sie ihn engagiert hatte, anerkennend. Er hatte eine Schwimmbrille dabei und vorsorglich einen Neoprenanzug statt der Unterwäsche angezogen, weil er keine Lust hatte, einem mutmaßlichen Mörder nackt gegenüberzutreten.

»Und die Schuhe?«

Sie überlegte einen Moment. »Die passen in den Kasten unter dem Bett. Kein Problem.«

Tony gab sie ihr. Als sie draußen war, um die Treter zu verstauen, blickte er sich suchend um. Er hatte sich einen extradicken Trinkhalm mitgebracht, durch den er atmen konnte. In dem Schaum, unter dem er sich verstecken sollte, würde er nicht weiter auffallen. Schwieriger war die Frage der Bewaffnung gewesen. Tony glaubte zwar, dass Zeiten, da Schusswaffen nicht mehr funktionierten, weil das Pulver nass geworden war, längst der Vergangenheit angehörten, aber wirklich sicher war er nicht. Und er wollte sich auf gar keinen Fall eine Blöße geben. Einfach unausdenkbar, einem Mörder gegenüber zu stehen, den Abzug zu betätigen und nur ein lächerliches »Klick!« zu hören.

Eine Weile hatte er mit dem Gedanken gespielt, sich eine Harpune zu besorgen. So ein Teil wirkte respekteinflößend. Allerdings schreckte ihn die Vorstellung, nur einen Schuss zu haben. Er hatte also seine gute alte Walther P88 mitgenommen, in der Hoffnung, sie irgendwo im Trocknen verstecken zu können. Ein Stapel Handtücher auf der Ablage neben der Tür erschien ihm ideal. Rasch verstaute er die Pistole darunter.

Als die Röttgenstein zurückkam, prüfte er gerade mit dem dicken Zeh die Wassertemperatur. In der Wanne blubberte und schäumte es. Wild entschlossen nickte er ihr zu und stieg hinein. Der Narzissenduft raubte ihm fast den Atem. Er streckte sich aus, setzte die Schwimmbrille auf, nahm den Trinkhalm in den Mund und tauchte ab.

Die Röttgenstein kam näher und goss etwas über ihm aus. In der Aufregung hatte Tony die Flasche in ihrer Hand gar nicht bemerkt. Auf dem Etikett stand etwas mit »Ultra«. Er setzte sich mit einem Ruck auf. »Was soll das? Wollen Sie mich umbringen?«

»Das ist Spülmittelkonzentrat. Damit der Schaum länger hält. Nun tauchen Sie endlich oder ich tunke Sie unter, Sie Angsthase!«

Tony gehorchte, ließ sie aber nicht aus den Augen. Sie blieb stehen und verfolgte kritisch, wie er nach und nach unter dem Schaum verschwand. Das einfließende Wasser dröhnte in seinen Ohren lauter als die Niagara-Fälle. Erst als sich die weiße Decke völlig über ihm geschlossen hatte, stellte es die Röttgenstein ab, und er konnte hören, wie sie das Badezimmer verließ.

Er versuchte möglichst still zu liegen, um keine Wellen zu verursachen und den Schaum nicht zu zerstören. Die Zeit verging quälend langsam.

Die Röttgenstein erwartete ihren Mann gegen acht. Das musste es doch schon längst sein. Tony kamen wieder Zweifel. Woher wusste sie eigentlich so genau, dass Waldemar sie umbringen wollte? Tony wagte nicht, den Arm zu bewegen und auf die Uhr zu schauen.

Er hatte schon eine Menge Observationen hinter sich und auch Erfahrung mit Personenschutz. Nächtelang hatte er im Auto gefroren, einen Klienten in eine Schwulenbar begleitet und sich als Marilyn-Monroe-Verschnitt aufgebretzelt, sich einmal sogar neben einen Bernhardiner in eine Hundehütte gequetscht, aber dies war der mit Abstand hirnverbrannteste Auftrag, den er je angenommen hatte.

Wieder einmal fragte er sich, warum er nichts Ordentliches gelernt hatte. Aber mit seinem Namen war man wohl einfach dazu verdammt, Gangster oder Cop zu werden. Und da sein römisch-katholisches Gewissen Ersteres nicht zuließ und die Bullen ihn nicht hatten haben wollen, war ihm nur der Fernlehrgang für Privat-Detektive geblieben.

Tony seufzte und bereute es sogleich, weil er Wasser in die Nase bekam. Es blubberte. Er wollte auftauchen, als er durch die offen stehende Badezimmertür einen scharfen Knall und gleich darauf einen lauten Fluch hörte. Das mit der Röttgenstein verabredete Zeichen: Sie hatte ein Buch auf den Boden geworfen. Waldemar nahte!

Tony riss sich zusammen. Lauschte angestrengt. Es klang wie durch Watte:

Die Tür des Hotelzimmers.

»Liebling!«

»Endlich. Wo warst du nur so lange?«

Wieder die Tür. Schritte, die näher kamen.

»Weißt du doch.« Reichlich mürrisch.

»Aber so lange?«

»Mmhmm.« Ganz nah.

Er war offenbar schon im Bad. Wasser lief am Waschbecken. Dann schlug der Klodeckel gegen den Spülkasten. Lang anhaltendes lautes Plätschern.

Diesem Kerl ist wirklich alles zuzutrauen, der Saubär pinkelt im Stehen, dachte Tony angewidert. Dass er sich seit einiger Zeit keine Zugehfrau mehr leisten konnte und die Toilette selbst putzen musste, hatte seine Einstellung zur Hygiene und damit sein komplettes Weltbild grundsätzlich verändert.

Wieder lief Wasser am Waschbecken. Wenigstens wusch das Ferkel sich nach vollendetem Geschäft noch einmal die Hände.

Die Badezimmertür knallte und Tony unterdrückte gerade noch ein Aufstöhnen. Wie sollte er unter Wasser und dann auch noch durch die geschlossene Tür mitkriegen, was nebenan vor sich ging?

Er überlegte.

Sollte er aus der Wanne steigen? Waldemar würde so schnell sicher nicht wieder hereinkommen.

Im nächsten Moment ging die Tür wieder auf.

»… möchte ich wirklich gerne wissen.«

Klimpern, Klicken, Aneinanderklackern von Glas. Die Röttgenstein! Offenbar war sie geistesgegenwärtig genug, unter einem Vorwand ins Bad zu kommen und beim Hinausgehen die Tür wieder offen zu lassen.

»Und wer sagt mir, dass du mich nicht betrügst?«

Das war Waldemar.

»Vielleicht hast du dir das Bad ja nur eingelassen, um dir seinen Geruch abzuwaschen …«

»Dass ich nicht lache! Am Ende liegt er ja sogar noch in der Wanne unter dem Schaum, wie?« Sie lachte.

Tony fand das gar nicht lustig.

»Was würdest du denn mit ihm machen, wenn du ihn finden würdest?«

»Ihn ersäufen natürlich.«

Tony überlegte, ob das Ganze vielleicht nur ein perverses Spielchen zwischen den beiden war, bei dem sie ihn als Opfer brauchten.

Am besten stieg er jetzt einfach aus und schnappte sich seine Pistole, ehe es zu spät war.

»Ach ja?«

Das war wieder sie.

»Wüsste nicht, was daran so natürlich sein sollte. So wie ich die Sache sehe, liegt dir sowieso nichts mehr an mir. Du bist doch nur noch hier, weil du ohne mein Geld nicht mehr leben kannst.«

»Aber Rosalinde, Mäuschen, ich …!«

»Mäuschen, ha, dass ich nicht lache! Bei uns hat es sich doch längst ausgemaust. Glaubst du wirklich, ich weiß nicht wo du herkommst?«

»Aber ich bin doch …«

»Das Spiel ist aus. Ich habe endgültig die Nase voll, mich weiter von dir hinters Licht führen zu lassen. Ich war auch schon bei Dr. Strasser und habe unseren Ehevertrag noch einmal prüfen lassen.«

»Rosa, so hör doch, Röschen …«

»Absägen werde ich dich, ganz einfach absägen. Und weißt du was? Du gehst dabei vollständig leer aus!«

So ist das also, dachte Tony und machte sich startklar. Keinen Augenblick zu spät.

»Das werden wir ja sehen!« Ein dumpfes Poltern. Urplötzlich war Schluss mit Mäuschen und Röschen.

Tony tauchte auf. Prustete.

Nebenan ein erstickter Schrei. Keuchen und wieder Gepolter.

Er stemmte sich aus der Wanne.

Nebenan ein dumpfer Schlag. Splittern von Glas.

Tony langte nach der Waffe unter dem Handtuchstapel. Glitt aus. Verfluchtes Badeöl! Landete mit Wucht auf dem Steiß. »So 'n Scheiß!«

Nebenan ein Fall, wieder ein Schrei, nur viel entsetzlicher. Dann Totenstille.

Tony lag auf dem Kreuz, horchte atemlos, wagte fast eine Minute lang nicht, sich zu rühren. Endlich tastete er nach der heruntergefallenen Pistole. Drehte sich langsam auf den Bauch und robbte durch die offen stehende Tür.

Mitten im Zimmer lag ein umgefallenes Glastischchen, das aber seltsamerweise heil geblieben zu sein schien. Trotzdem war der Boden dahinter mit Scherben übersät, unter denen ein Mann mit klaffenden Wunden an Kopf und Hals begraben war. Neben dem blutüberströmten Schädel des Mannes entdeckte Tony das offene Beauty-Case. Das fragile Flakon-Bataillon hatte seinen Dienst getan.

Auweia, dachte Tony, so geht das also mit den Waffen einer Frau.

»Da sind Sie ja endlich, Sie Weihnachtsmann!«, sagte die Röttgenstein.

Tony blickte sich suchend um. In der Platte des umgefallenen Glastischchens spiegelte sich sein Gesicht. In seinen Haaren und am Kinn hing immer noch der Badeschaum.

Na also, dachte Tony, das hab ich doch wieder mal sauber hingekriegt.

# Mauerblümchen

Das Volksfest begann am ersten Freitag im Mai und endete wie üblich zehn Tage später. Aufgrund der Ereignisse hatte der Gemeinderat kurz erwogen, die Veranstaltung vorzeitig zu beenden, sich dann aber dagegen entschieden. Die Erhaltung einer jahrhundertealten Tradition sei wichtiger als eine Pietät, die letzten Endes doch nur aufgesetzt wirken könne.

So saß auch Ilka am letzten Festsonntag wieder auf der Mauer und wartete gemeinsam mit den anderen auf das abschließende Feuerwerk. Ohne ein Wort hatte sie ihren angestammten Platz am Rand eingenommen, als wäre nichts passiert.

Wie immer wurde viel geraucht, aber das Bier war nicht scharf geladen. Vielleicht weil Ronny, der als einziger über achtzehn war, keinen Tequila mehr besorgte, vielleicht aber auch, weil sie Angst hatten, die Polizei könne auf die Idee kommen, noch einmal vorbeizuschauen. Trotzdem schien die Stimmung nicht schlechter zu sein als an den Abenden, an denen sie mit Hochprozentigem angeheizt wurde.

Die Bruchsteinmauer stand in der Ortsmitte, direkt neben dem Kirchplatz, auf dem das Volksfest abgehalten wurde. Sie war ein Rest der alten Friedhofsumfassung und nach der Verlegung des Gottesackers an den Ortsrand stehen geblieben. Ilka hatte seit ihrem dreizehnten Lebensjahr fast jeden Abend im Sommer hier verbracht. Ausgenommen Tage, an denen es geregnet hatte oder an denen sie krank gewesen war. Aber sie war nicht oft krank.

»Ilka hat eine Gesundheit wie ein Pferd«, sagte ihr Vater immer, und Ilka wusste, dass dann alle in Gedanken hinzufügten: »Sie sieht ja auch aus wie ein Pferd.«

An den vergangenen acht Abenden hatte es weder geregnet noch war sie krank gewesen. Trotzdem hatte sie nicht auf der Mauer gesessen.

Niemand verlor ein Wort darüber, auch wenn Ilka wusste, dass alle nur daran dachten. Ihr war es recht. Sie hatten auch sonst nie viel mit ihr gesprochen. Sie war immer nur geduldet worden, weil sie Ronnys Schwester war. Und jetzt war Ronny nicht mehr da.

Warum hatte er es auch an jenem Abend nicht einfach dabei belassen, dass sie weggegangen war? Er scherte sich ja auch sonst nie um sie, außer wenn es darum ging, Bier oder Kippen zu holen, oder wenn er ein Ziel für seinen Spott suchte.

Ronny war der Obermacker auf der Mauer, vor dem alle anderen kuschten. Er ließ gern seine schlechte Laune an ihr aus, wenn es zu Hause Stress gegeben hatte, lenkte Hardys Sticheleien auf sie ab oder kommandierte sie herum, um den anderen seine Macht zu demonstrieren.

Hardy war der einzige, der es hin und wieder wagte, ihm die Stirn zu bieten. Er war schlauer als Ronny. Aber Ronny setzte sich mit seiner Brutalität durch, hatte dickere Oberarme und vertrug mehr als Hardy, der einmal schon nach dem neunten Bier von der Mauer gekippt war. Er hatte sich dabei an den Scherben einer Bierflasche verletzt und seitdem eine Narbe quer über der rechten Wange, die ihn ein wenig verwegen aussehen ließ.

Wenn Hardy aufmuckte, ließ er es immer wie einen Spaß aussehen. Aber Ilka durchschaute ihn und wusste, wie sehr er Ronny hasste. Nur Ronny merkte es nie.

Ihre kleinen Händel endeten stets im gleichen Ritual. Sie nannten es Hahnenkampf, eine harmlose Rauferei, bei der sie auf der knapp 30 Zentimeter breiten Mauer auf einem

Bein hüpfend, mit verschränkten Armen, aufeinander losgingen und sich anrempelten, bis einer herunterfiel. Hardy zog immer den Kürzeren.

»Okay«, sagte er dann, »du hast gewonnen. Ich bereue meine Aufsässigkeit zutiefst. Du bist und bleibst der Größte. Als Strafe fick ich deine Schwester.«

Und Ronny lachte gnädig, gab ihm die Hand und half ihm beim Aufstehen.

Angie regte sich jedes Mal neu darüber auf. Auch das gehörte fast schon zum Ritual. »Schweineärsche«, brüllte sie, »alle beide Scheiß-Schweineärsche! Ronny, du Schweinearsch, der Schweinearsch beleidigt deine Schwester, Mann! Hau ihm eine rein, Mann!«

Ilka wusste genau, dass es Angie nicht um die Beleidigung ging, nicht darum, sie gegen diese Scheißkerle in Schutz zu nehmen. Angie war früher mit Hardy gegangen, jetzt war sie Ronnys Schnalle und versuchte die beiden bei jeder Gelegenheit gegeneinander aufzustacheln. Ilka hasste Angie schon allein dafür. Außerdem hatte sie die dicksten Obermänner im ganzen Dorf. Nur die dusselige Trina hatte vielleicht noch größere, aber schließlich war die nicht ganz richtig im Kopf und zählte nicht mit.

Ilkas Obermänner waren nicht einmal halb so groß wie Angies. »Wie zwei Erbsen«, hatte ihr Vater gesagt, »mit Stecknadeln angepinnt. Kein Wunder, wenn du frisst wie ein Spatz.«

Trotzdem hatte der Bremser sie angefasst. Seine Hände waren rau und voller Schwielen. Und schmutzig. Aber es war nicht unangenehm gewesen. Im Gegenteil.

Sie hatte ihn beim Aufbau der Schiffschaukeln beobachtet.

Er war neu in der Schaustellertruppe. Ansonsten waren es Jahr für Jahr immer dieselben Gesichter, ein Familienbetrieb.

Außer der Schiffschaukel, einer Schießhalle, einer Losbude und einem kleinen Zuckerwattestand hatten sie nichts zu bieten. Für das Dorf waren das Attraktionen genug.

Der Neue war kräftig gebaut, und der Chef der Truppe hatte ihn beim Aufbau ziemlich getriezt.

Sie hatten alle von der Mauer aus zugesehen wie jedes Jahr, und Ronny und Hardy hatten ihre spöttischen Bemerkungen gemacht über den »schielenden Halbaffen«, der entweder nicht sprechen konnte oder nicht wollte. Ilka hatte nicht gehört, dass er auch nur ein einziges Wort gesagt hatte.

Als die Schiffschaukel und die übrigen Buden auf dem Dorfplatz aufgebaut und unter blau-weiß gestreiften Planen versteckt waren, gingen die Schausteller zu ihren Wohnwagen außerhalb des Dorfes. Nur der Neue blieb zurück und setzte sich mit einer Flasche Milch auf die Bank unter der alten Eiche.

»Der Affe säuft Milch, wahrscheinlich verträgt er kein Bier«, sagte Ronny. »Jede Wette, dass selbst du ihn unter den Tisch trinkst, Hardy!«

Hardy zuckte unwillig die Achseln. Er wusste, was jetzt kommen würde, das sah Ilka ihm an.

»Hey Ilkaschatz, geh und hol ihn doch mal her! Sag ihm, wir laden ihn auf ein Bier ein!« Ronnys Vorschlag wurde mit Johlen begrüßt. »Und sei ausnahmsweise mal ein bisschen nett!«

Ilka glitt von der Mauer und ging langsam zur Eiche hinüber. Er sah sie nicht an. Nicht einmal, als sie vor ihm stand und ihn ansprach.

»Hallo. Ich heiße Ilka. Du bist neu bei der Truppe, nicht wahr?«

Sein kurzärmeliges Hemd war an zwei Stellen zerrissen und voller Ölflecke. Seine Hände strotzten vor Schmutz und das Schwarze unter den Fingernägeln seiner Rechten, die die Flasche umklammerte, hob sich deutlich ab vor dem Weiß der Milch.

»Sie wollen, dass du rüberkommst zum Wettsaufen.«

Jetzt sah er auf, aber sein Blick schien an ihr vorbeizugehen und jemandem hinter ihr zu gelten. Sie drehte sich unwillkürlich um, aber es stand niemand hinter ihr. Ronny winkte ihr ungeduldig zu.

»An deiner Stelle würde ich´s lieber nicht tun.«

Erst glaubte sie, er hätte sie gar nicht verstanden. Er schnitt seltsame Grimassen. Schließlich schien so etwas wie ein schüchternes Lächeln über das von Aknenarben entstellte Gesicht zu huschen. Und dann stand er auf, drückte ihr die Hand, stieß einen erstickten Laut hervor, der wie »Raahaarrg« klang und ging ihr voraus, immer noch mit der Milchflasche in der Hand, hinüber zur Mauer.

Er konnte tatsächlich nicht sprechen. Ronny fragte ihn nach seinem Namen, und wieder brachte er nur ein paar unverständliche Laute heraus. Ronny nahm ihm mit einer überraschenden, schnellen Bewegung die Milchflasche ab und drückte ihm dafür ein Bier in die Hand. Der lange Alex gab ihm eine Zigarette. Dann machten sie sich einen Spaß daraus, seinen Namen zu erraten.

»Heißt du vielleicht Pizzafresse?«, fragte Ronny.

»Oder Scarface? Oder vielleicht Quasimodo oder Rumpelstilzchen?«, fragte Hardy.

»Oder vielleicht Arschgesicht?«, grölte Dumbo, dessen Spitzname weniger mit seinem Übergewicht als mit seiner Intelligenz zu tun hatte und nur die Abkürzung für Dummbold war.

Der Mann trank in aller Ruhe sein Bier, grinste und rauchte. Er musste auch taub sein.

»Nennen wir ihn doch ganz einfach Freitag«, schlug Sunny vor und fand das offenbar sehr komisch. Ilka konnte sie nicht leiden. Sie bildete sich Gott weiß was ein, weil sie auf die Handelsschule ging.

Sie verloren schnell die Lust an der Raterei. Es machte keinen Spaß, weil der Mann nichts zu ihrer Unterhaltung beitrug.

Ronny warf die Milchflasche gegen die Mauer. Scherben und Milch spritzten dem Mann vor die Füße. Er reagierte gar nicht. Ronny riss ihm die noch halbvolle Flasche aus der Hand und kippte das Bier aus. Der Mann starrte ihn einen Moment lang an. In seinem Gesicht arbeitete es. Dann schüttelte er den Kopf, ging langsam davon und setzte sich wieder unter den Baum.

Für den Rest des Abends hatten sie ihn in Ruhe gelassen.

Am nächsten Tag hatten dann die Schausteller ihre Buden und Stände geöffnet.

Der Stumme bremste die Schiffschaukeln, die mit bloßer Muskelkraft funktionierten. Obwohl keiner von den anderen mit ihr fahren wollte, kaufte Ilka sich einen Packen Tickets. Sunny und Angie in der Schaukel neben ihr kreischten wie zwei wild gewordene Äffchen. Sie machten Überschläge, was auf dem Schild am Kassenhäuschen ausdrücklich verboten wurde.

Der Stumme beachtete sie nicht. Er sah Ilka zu, wie sie sich ohne jeglichen sportlichen Ehrgeiz nach einer kurzen Anschubphase auf den Sitz niederließ und gemütlich ausschwingen ließ. Bei ihrer zweiten Tour half er beim Anschieben und gab ihr zwischendrin noch einmal ein wenig Schwung, als die Gondel fast schon stehenzubleiben drohte. Sie schenkte ihm dafür ein Lächeln und hing anschließend noch drei Fahrten dran.

Als sie zur Mauer zurückkam, knurrte Ronny: »Wenn dieser Fratzen schneidende Affe dich anzubaggern versucht, mach ich ihn platt!«

»Sei doch froh, wenn sie endlich einen Stecher abkriegt«, spöttelte Hardy.

»Halt du dich da raus!«, drohte Ronny. »Von so was versteht ein Heimkind wie du einen müden Dreck.«

Hardy grinste breit, aber Ilka sah, wie seine Augen Ronny förmlich durchbohrten. Hardy ließ bei jeder Gelegenheit heraushängen, wie sehr er seine Pflegeeltern wegen ihres »sozialen Wichtigtuer-Gekackes« verachtete, aber sobald sich ein anderer abfällig über seine familiäre Situation äußerte, reagierte er höchst empfindlich.

Sie tranken weiter, und als sie genug Zielwasser intus hatten, gingen sie hinüber an die hell erleuchtete Schießbude, wo die Jungs um die Wette auf Plastikrosen schossen, die sie dann an die Mädels verschenkten. Ilka bekam keine.

Die Losbude und der Zuckerwattestand hatten längst schon geschlossen. Die Kinder, die hier Kunden waren, lagen im Bett und die Erwachsenen hatten sich alle ins Bierzelt verzogen, aus dem abwechselnd Foxtrott und Walzerklänge herüberdrangen.

Ilka beobachtete, wie die rothaarige Tochter des Schaustellerchefs das Kassenhäuschen an der Schiffschaukel dichtmachte. Sie sprach noch kurz mit dem Bremser, kam dann herüber zur Schießbude, wünschte ihrem Vater, der hier die Stellung hielt Gute Nacht und verschwand in Richtung der Wohnwagen am Ortsrand.

Der Stumme hantierte derweil noch an der Schiffschaukel herum und sicherte die Gondeln einzeln mit Sperren und Vorhängeschlössern, damit später die Betrunkenen keinen Unsinn damit anstellten. Er ließ sich Zeit und als er endlich fertig war, schien es Ilka, als zögerte er noch einen Moment und würde dabei zu ihr herübersehen.

Ein verärgerter Schrei ertönte in ihrem Rücken, gefolgt von wieherndem Gelächter. Ronny und die anderen machten sich lautstark über einen Fehlschuss lustig, mit dem Dumbo fast den Schausteller getroffen hätte. Ilka sah in die geröteten Gesichter von Angie und Sunny und wandte sich angewidert wieder ab.

Der Stumme war irgendwo in den Straßen abseits des hell erleuchteten Festplatzes verschwunden. Ilka überlegte, sah noch einmal zu Ronny, der gerade dem bloß noch lallenden Dumbo das Gewehr entwand. Hardy fing ihren Blick auf, grinste abschätzig. Sie sah weg. Wartete noch einen Moment, dann ging sie dem Mann nach in die Dunkelheit.

Kurz vor dem Sportplatz hatte sie ihn fast eingeholt. Sein Schatten verschwand hinter dem Gebäude mit den Toiletten und Umkleidekabinen, wo die Schausteller ihre Wagenburg aufgebaut hatten. Rasch folgte sie ihm, kam aber trotzdem zu spät, um noch zu sehen, in welchem Wagen er verschwunden war.

Die Wagenburg bestand aus zwei Caravans und einem riesigen Packwagen, in dem Ilka Werkzeuge, Ersatzteile und sonstiges Material vermutete.

In den beiden Caravans war noch Licht. Ilka entschied sich zunächst für den kleineren, durch dessen Fenster das bläuliche Flimmern eines Fernsehers drang. Vorsichtig trat sie näher und spähte hinein. Die Frau des Schaustellerchefs saß am Tisch und schien in irgendeine Schreibarbeit vertieft. Den Actionstreifen, der hinter ihr auf dem Bildschirm lief, hatte sie offenbar völlig vergessen. Sie war allein im Raum.

An einer der beiden mächtigen Zugmaschinen vorbei schlich Ilka zu dem zweiten Caravan, aus dem lautes Lachen erscholl. Sie hielt erschrocken inne, überlegte, ob es nicht besser sei, wieder zu verschwinden, machte unwillkürlich doch noch einen Schritt. Durch das hell erleuchtete Fenster sah sie den Rest der Schaustellerfamilie an einem runden Tisch beim Kartenspiel. Der Stumme war nicht dabei.

Und jetzt? Ilka biss sich auf die Lippen. Was wollte sie eigentlich hier? Sollte sie etwa anklopfen und nach diesem seltsamen Typen fragen, dessen Namen sie nicht kannte und von dem sie nicht einmal wusste, ob er überhaupt richtig im Kopf war?

Sie machte sich auf den Rückzug. Als sie am Packwagen vorbeikam, hörte sie darin ein Rumpeln. Sie trat näher. Der Wagen hatte kein Fenster, aber durch die Ritzen an der Tür drang Licht. Sie klopfte. Drinnen hustete jemand. Sie klopfte lauter. Einen Augenblick war es ganz still, als lauschte jemand.

Sie klopfte noch einmal. Fuhr zurück. Völlig überraschend, ohne jedes weitere Geräusch, war die Tür aufgesprungen.

Der Bremser stand vor ihr und starrte sie an. Sein Oberkörper war nackt und ließ neben beachtlichen Muskeln auch den Blick auf eine Reihe hässlicher Narben zu, die offenbar auf die unfachmännische Beseitigung von Tätowierungen zurückgingen. Reste eines Segelschiffs waren immer noch erkennbar. Unmittelbar hinter ihm auf dem Boden des Packwagens lagen eine Luftmatratze und ein Schlafsack. Daneben stand eine kleine Campinglampe.

»Raahaarg«, sagte der Mann und Ilka erholte sich von ihrem Schreck. Es hatte wie eine Einladung geklungen.

Als sie zwei Stunden später wieder aus dem Wagen kletterte, war das Licht in den anderen Wagen erloschen. Dafür wartete Ronny auf sie. Er war so betrunken, dass er Mühe hatte zu sprechen. Das wollte er auch gar nicht.

Er riss ihr den Strauß roter Plastikrosen aus der Hand und schlug ihr damit ins Gesicht. Wieder und wieder. Sie schloss die Augen, schmeckte ihr Blut auf den Lippen, hob die Arme schützend empor. Da boxte er sie hart in den Magen, dass sie zusammenklappte wie ein Taschenmesser und zu Boden ging. Noch zwei, drei schnelle Tritte, dann ließ er für einen Moment von ihr ab. Ohne etwas zu sehen, rollte sie zur Seite. Nur weg von ihm.

In ihrer Nähe klirrte etwas. Jemand stand neben ihr. Sie versuchte in der Dunkelheit zu erkennen, wer es war. Der Stumme. Er schwang etwas in der Hand, was das klirrende Geräusch verursachte. Eine Kette. Und nur wenige Schritte von ihm entfernt stand immer noch Ronny.

»Drecksau!«, lallte er und hatte plötzlich sein Butterfly-Messer in der Hand.

Ilka rollte noch ein Stück weiter weg, verkroch sich hinter einem Busch.

Die Kette sauste durch die Luft, Ronny schrie auf. Das Messer landete hinter dem Stummen auf dem Boden. Völlig von Sinnen stürzte sich Ronny mit bloßen Fäusten auf den Mann. Der war einen Augenblick zu überrascht, um zu reagieren. Fiel hintenüber. Ineinander verkrallt wälzten sie sich auf der Erde.

In den Caravans ging das Licht an. Für einen Moment war Ilka abgelenkt. Als sie sich den miteinander ringenden Männern wieder zuwandte, hatte sich unbemerkt ein dritter herangeschlichen. Ein lauernder Schatten, der angespannt jeder Bewegung der beiden Kämpfer folgte.

Dann wurden Wohnwagentüren aufgerissen, der Scheinwerfer einer großen Taschenlampe glitt suchend durch die

Nacht. Der Schatten schnellte nach vorne. Im Knäuel der Kämpfer blitzte etwas auf. Das Messer.

»Raahaarg!«

Der Schrei hatte in Ilkas Ohren fast wie aus einer anderen Welt geklungen.

Kurz vor dem Feuerwerk um elf war auf der Mauer das Bier alle.

»Hey, Ilkaschatzi«, grölte Dumbo, »beweg ma dein Kadaver und mach dich nützlich!«

»Halts Maul!«, sagte Sunny. »Wenn du unbedingt noch was saufen musst, kannst du zur Abwechslung ja mal selbst gehen.«

»Was wird 'n das? Schneckenaufstand oder was?«

Ilka beachtete ihn gar nicht. Sie sah zu Angie hinüber, die neben Hardy saß und sie den ganzen Abend über immer wieder misstrauisch beäugt hatte.

»Haste gut hingekriegt mit dem Make-up«, sagte Angie. »War sicher nicht einfach. Ronny hatte dich ganz schön zugerichtet. Und die Veilchen … na ja, dein Alter hat ja auch ganz schöne Pratzen!«

Ilka antwortete ihr nicht. Aus Angies Worten klang weder echte Anerkennung noch Mitgefühl heraus. Ilka wusste genau, was sie ihr damit sagen wollte: Was willst du eigentlich noch hier, du hässliche Ziege? Verpiss dich! Von dir und deiner Sippschaft haben wir die Schnauze voll.

Ilka kramte in ihrem Handtäschchen und zog den Strauß Plastikrosen heraus, den ihr der tote Schiffschaukelbremser geschenkt hatte.

»Wir wissen, dass es Ronnys Messer ist«, hatte der Mann von der Polizei zu ihr gesagt. »Sie müssen nicht aussagen, wenn es Ihren Bruder belastet.«

Sie winkte Hardy mit dem zerfetzten Strauß und lächelte ihn an. Ganz unschuldig. Die Narbe auf seiner Wange leuchtete flammendrot.

»Leider sind die Rosen hier gar nicht mehr schön«, sagte sie und glitt von der Mauer. »Schieß mir doch einen neuen Strauß!«

Und dann ging sie Hardy voraus hinüber zur Schießhalle.

# Große Freiheit

Es war vor allem Neugier, die Beek dazu trieb, Sara Kerkhofs Bitte um einen Besuch nachzukommen. Am Telefon hatte sie geschäftsmäßig geklungen, dann, als er ablehnte, fast flehentlich. Eine junge Stimme, vielleicht ein bisschen naiv, aber was war von einer Frau, die sich an einen skrupellosen Geldsack wie Paul Kerkhof hing, anders zu erwarten.

Der Mann hatte sein Vermögen mit Lügen gemacht und war auch noch stolz darauf gewesen. Beek war sicher, dass es bei dem Auftrag nur um Kerkhofs plötzliches Ableben gehen konnte. Er hatte davon in der Zeitung gelesen.

Auf der Fahrt zu seinem Ferienhaus war der Sportwagenliebhaber in einer Kurve mit seinem Maserati gegen einen Baum gerast und noch am Unfallort gestorben. Es gab Mutmaßungen – Kerkhof hatte viele Feinde. Dennoch strengte die Polizei keine Untersuchung an. Anhaltspunkte für ein Verbrechen schienen nicht vorzuliegen.

Die Witwe war offenbar anderer Ansicht. Warum sie aber ausgerechnet auf Beeks Dienste Wert legte, war dem Detektiv nicht ganz klar. »Mein Mann hielt große Stücke auf Sie«, hatte sie am Telefon gesagt.

Als er das Bürohaus in Schwabing betrat, erinnerte er sich an seinen bisher einzigen Besuch in Kerkhofs Agentur. Im Auftrag einer Klientin hatte er herausgefunden, dass ihr geschiedener Mann sich den Unterhaltszahlungen für die gemeinsamen Kinder entzog, indem er vorgab, eine teure Fortbildung machen zu müssen. Das Unternehmen, welches die Fortbildung durchführte, hatte sich nach eingehenden Recherchen als Briefkastenfirma entpuppt. Der Mann war untergetaucht, die Spur der Briefkastenfirma hatte zu Kerkhof geführt. Da Beek sicher war, dass Kerkhof noch mehr

Scheinfirmen unterhielt, hatte er ihm angedroht, sie der Reihe nach platzen zu lassen, wenn Kerkhof der verzweifelten Mutter nicht über die ärgsten Nöte hinweghalf.

Kerkhof hatte gönnerhaft gegrinst und Beek Mut bescheinigt, dass er es wage, mit solchen Erpressermethoden vorstellig zu werden. Dann hatte er ihm einen Job in seiner Agentur angeboten. Beek hatte verzichtet. Ebenso wie er letztlich auch darauf verzichtet hatte, Kerkhofs Scheinfirmen nachzuspüren. Es wäre nur Zeitverschwendung gewesen. Kerkhof konnte jederzeit neue gründen. Die Geschäftsbedingungen seiner Agentur wälzten jegliche Verantwortung für die von ihm gesponnenen Lügengespinste auf die Kunden ab.

Sie waren sich danach noch häufiger in die Quere gekommen und Beek hatte Kerkhof Scherereien bereitet, wo er nur konnte, war aber nie wieder in sein protziges Büro vorgedrungen.

Im Vorzimmer empfing ihn immer noch der wie ein Banker im Trampkostüm wirkende Schönling. Er lag in einer Hängematte am Strand und schenkte den Eintretenden sein penetrantes Siegerlächeln. Am azurblauen Himmel über ihm prangte in dicken Lettern der Slogan: »Gewinn die große Freiheit …« und etwas kleiner darunter: »… mit einem Alibi unserer Agentur!«

Allerdings saß am Schreibtisch vor dem Poster nicht mehr die üppige Blondine, die Beek wie ein bewusst dort platziertes Klischee vorgekommen war, sondern eine nach Buchhaltung riechende Mittvierzigerin, die ihn wortlos ins Chefbüro durchwinkte, als er seinen Namen nannte.

»Schön, dass Sie doch gekommen sind.« Sara Kerkhofs Stimme hatte am Telefon jünger geklungen als jetzt, da sie aufstand und ihm die Hand reichte. Sie bat ihn zur Sitzecke, wo sie ohne Umschweife zum Thema kam: »Ich möchte, dass Sie den Tod meines Mannes untersuchen.«

»Ich dachte, es war ein Unfall. Was sagt denn die Polizei?«

»Mein Mann war nicht sehr beliebt bei der Polizei.«

»Das kann ich mir vorstellen«, sagte Beek. »Und um ehrlich zu sein: Ich hatte ihn auch nicht allzu sehr ins Herz geschlossen.«

»Ich weiß. Sie haben ihm ziemlich zu schaffen gemacht. Aber es hat ihm imponiert, dass Sie sich nicht von ihm kaufen ließen.«

»Ich mag keine Leute, die glauben, alles und jeden kaufen zu können.«

»Das spricht für Sie.«

»Wirklich?«

»Sie denken, weil Paul soviel älter war als ich, könnte ich ihn nicht geliebt haben? Ich versichere Ihnen, dass ich genauso viel Geld in die Agentur eingebracht habe, wie er.«

»Heißt das, Sie haben sich in sein Geschäft eingekauft?«

»Ja.«

»Umso schlimmer. Dann glauben Sie auch an die Geschäftsidee, dass Freiheit mit Lügen zu kaufen ist.«

»Bis zu einem gewissen Grad ist sie das sicher.« Sie seufzte. »Ich hoffe, Sie wollen jetzt keine Grundsatzdiskussion führen. Vielleicht reicht es ja, wenn ich Ihnen sage, dass ich mit Paul nicht immer einer Meinung war und finde, dass dieser Kerl, der seine Familie im Stich gelassen hat, ein Schwein war.«

»Na schön«, sagte er. »Lassen wir es einstweilen dabei. Warum glauben Sie, dass etwas faul war an dem Unfall?«

Sie sah ihn prüfend an. »Sie haben auch so etwas wie eine Schweigepflicht, nicht wahr?«

Er lachte.

179

»Es ist Geld verschwunden. Schwarzgeld.«

»Deshalb konnten Sie der Polizei nichts von Ihrem Verdacht erzählen.« Er runzelte die Stirn. »Sie haben Paul selbst identifiziert, nicht wahr?«

»Wollen Sie unterstellen, dass er sich mit dem Geld aus dem Staub gemacht hat?«

»Vielleicht hat er sich selbst ein Alibi besorgt, ein zweites Leben. Ein besseres Alibi als den Tod gibt's doch gar nicht.«

»Ich habe seine Leiche mit eigenen Augen gesehen.«

»Na schön.« Der Gedanke daran schien ihr nahezugehen. »Nach Feinden brauche ich ja wohl nicht zu fragen. Da muss man sicher nur in Ihre Kundenkartei schauen.«

»Sie irren«, sagte sie. »Unsere Kunden sind in der Regel sehr zufrieden mit uns.«

»Ja, aber was ist mit den Leidtragenden, die mit Ihrer Hilfe verschaukelt wurden?«

Sie zuckte die Achseln. »Es gab immer mal Drohungen. Aber nie wirklich ernsthaft. Schließlich sind wir nicht die Betrüger, sondern diejenigen, die uns um Hilfe bitten.«

Beek fand es erstaunlich, wie leicht ihr das Wort »Betrüger« im Zusammenhang mit ihren Geschäften über die Lippen kam.

»Vor Kurzem aber hat jemand versucht, ihn zu erpressen«, fuhr sie fort.

»Habe ich ja auch schon. Zumindest hat Paul das wohl so gesehen.«

»Das war etwas ganz Anderes. Kennen Sie Boris Smirnow?«

»Zum Glück nicht persönlich.«

»Paul hat mit ihm Geschäfte gemacht. Unter den Besuchern seiner Spielhöllen und Puffs gab es immer welche, die mal ein Alibi brauchten. Smirnow hat sie an uns vermittelt und dafür nicht einmal Provision verlangt, sollte so eine Art Service des Hauses bei ihm sein. Ich habe Paul vor ihm gewarnt und gesagt, wenn man dem Teufel den kleinen Finger gibt, nimmt er die ganze Hand. Und so ist es dann auch gekommen. Ich weiß nicht genau, was passiert ist – Paul wollte mich heraushalten – aber es ging wohl um einen Mord, für den Paul ein Alibi geliefert hat. Ohne sein Wissen natürlich. Trotzdem glaubte Smirnow, ihn damit in der Hand zu haben. Er wollte eine Beteiligung an der Agentur. Aber Paul wollte sich nicht erpressen lassen.«

»Und jetzt glauben Sie, Paul hat ihm letztlich doch das Schwarzgeld gegeben, wofür Smirnow ihn zum Dank umgebracht hat?«

»Ja, zumindest so ähnlich. Werden Sie den Fall übernehmen oder haben Sie jetzt Angst?«

Sie wollte ihn provozieren. So naiv, wie sie bei ihrem ersten Anruf geklungen hatte, war sie nicht. »Na schön, ich werde mich mal umhören. Aber ganz billig sind meine Dienste nicht.«

»Ich weiß.« Sie zog eine Schublade auf und holte ein paar lila Lappen aus einem Portemonnaie, das aussah, als stammte es noch aus ihren Kindertagen.


Beek war sicher, im Gegensatz zu Kerkhof auch einige Freunde bei der Polizei zu haben. Einer von ihnen war Hauptkommissar Max Hader, in der Vergangenheit Mitglied diverser Mordkommissionen.

»Soso«, brummte er, »Frau Kerkhof glaubt also, Smirnow hätte ihren Mann getötet, um ihn als Mitwisser in einer Mordsache auszuschalten. Und warum kommt sie damit nicht zu uns?«

»Wie gesagt: Es ist nur ein Verdacht, nichts Konkretes.«

Beek hatte Hader nichts von dem Schwarzgeld erzählt. Als Detektiv musste man gewisse Rücksichten auf seine Klienten nehmen. »Und natürlich will sie den Namen ihres Mannes durch solche Verdächtigungen nicht unnötig beschädigen.«

Hader lachte. »Schätze, ihr geht's mehr um den Ruf ihrer Agentur. Sie traut uns nicht. Glaubt, bei uns sickert so was durch an die Öffentlichkeit.« Er lachte wieder. »Womit sie nicht ganz Unrecht hat.«

»Sie meinte, ihr Mann sei ziemlich unbeliebt bei euch gewesen«, sagte Beek.

»Pah, unbeliebt ist gar kein Ausdruck.« Hader runzelte die Stirn. »Allerdings kann man das so pauschal auch wieder nicht behaupten. Kerkhof hatte überall Kontakte. Leute, denen er mal mit einem Alibi aus der Patsche geholfen hatte und auf die er dann selbst zurückgreifen konnte. Das lief nicht immer nur mit Geld. Der Typ war clever, hat ein gut funktionierendes Netzwerk aufgebaut, zu dem auch Polizisten zählen.«

»Dann hätte er vor Smirnow doch eigentlich keine Angst haben müssen, oder?«

Hader schüttelte den Kopf. »Smirnow ist ein ganz anderes Kaliber. Der schreckt vor nichts zurück. Falls du dem was anhängen willst, sei vorsichtig. Und wenn du zu ihm gehst, sag mir vorher Bescheid. Smirnow fackelt nicht lange.«

Der erste, der Beek in Smirnows Spielcasino über den Weg lief, war Kroth, der untergetauchte Ehemann, der schuld daran war, dass Beek und Kerkhof aneinander geraten waren. Beek stellte fast ein wenig belustigt fest, dass er mittlerweile erstaunliche Ähnlichkeit mit dem aalglatten Tramp auf dem Agenturposter aufwies. Er beobachte ihn von einem der Spieltische aus. Als er Richtung Toilette ging, folgte er ihm.

Kroth ging an der Toilette vorbei und verschwand ganz selbstverständlich hinter einer Tür mit der Aufschrift: »Privat. Zutritt verboten«. Das reichte Beek. Er ging zurück ins Casino, kritzelte auf die Rückseite einer seiner Visitenkarten die Namen »Kroth« und »Kerkhof« jeweils mit einem dicken Ausrufezeichen dahinter, drückte sie der Geschäftsführerin in die Hand und sagte, er müsse Smirnow sprechen.

Sie ließ ihn stehen, kam aber kurz darauf zurück und führte ihn durch ein paar Hintertüren und Gänge in ein schlichtes Büro.

Hinter einem abgenutzten, alten Schreibtisch saß der Herr über ein wahres Imperium aus Spielcasinos, Nobelrestaurants und Bordellen.

»Was wollen Sie?«, fragte er ohne Umschweife. »Mit Kerkhof hatte ich nichts zu schaffen. Er war ein kleiner Drecksack, der die Bettgeschichten notgeiler Böcke deckte. Typen, die nicht den Mumm haben, zu ihren Seitensprüngen zu stehen. Ich kann Ihnen nichts über ihn sagen. Den anderen Namen habe ich noch nie gehört.«

»Komisch«, sagte Beek. »Warum haben Sie mich dann überhaupt empfangen. Außerdem habe ich vorhin mit eigenen Augen gesehen, wie Kroth in Ihren privaten Gemächern verschwunden ist.«

»Hören Sie, ich mag es nicht, wenn irgendwelche Schnüffler hier herumturnen. Aber ich habe auch eine Menge Leute in meiner Truppe, die ich nicht alle persönlich kenne. Sagen Sie mir, wie dieser Kroth aussieht und was gegen ihn vorliegt, dann werde ich meinen Sicherheitchef nach ihm fragen.«

Noch bevor Beek antworten konnte, ging die Tür hinter Smirnow auf und Kroth kam herein. Er hatte eine Pistole in der Hand, mit der er Smirnow in den Kopf schoss. Der Russe sackte stumm auf seinem Stuhl zusammen. Kroth schob ihn zur Seite und öffnete die Schreibtischschublade.

Er schien nicht sofort zu finden, was er suchte. Beek, der endlich realisiert hatte, was geschehen war, machte einen Schritt auf ihn zu.

»Stehen bleiben, Schnüffler!«, befahl Kroth und richtete die Pistole auf ihn, während er mit der anderen Hand weiter in der Schublade wühlte. »Sie haben lange auf sich warten lassen.«

Beek sah Hilfe suchend nach den Türen.

»Keine Sorge«, sagte Kroth. »Das Büro ist absolut schalldicht. Wir können die Geschichte hier also völlig ungestört zu Ende bringen.«

»Und was soll das werden, wenn es fertig ist?«, fragte Beek.

»So was wie der perfekte Mord.« Kroth lachte. »Nein, besser noch: der perfekte Dreifach-Mord. Wir wollen den guten alten Paul ja nicht vergessen.«

»Ich verstehe kein Wort«, sagte Beek, dem langsam zwar ein Licht aufging, der aber Kroth am Sprechen halten wollte.

Der tat ihm auch den Gefallen. Er hatte mittlerweile aus der Schublade einen kleinen Schlüsselbund herausgefischt, mit dem er systematisch daranging, die verschlossenen Fächer und Laden des Schreibtischs zu durchsuchen. Da er in der rechten Hand die Pistole hatte, mit der er Beek in Schach hielt, blieb ihm dafür nur die linke und es ging ziemlich langsam.

Es schien ihm Spaß zu machen, den Detektiv derweil ins Bild zu setzen: »Sara hat mir von ihrer Theorie erzählt, Paul habe sich selbst mit seinem Tod ein Alibi besorgt, um mit dem Schwarzgeld zu verschwinden. Damit lagen Sie gar nicht so falsch. Er hatte alles arrangiert: Die Polizisten, die als erste am Unfallort erschienen, der Notarzt und derjenige, der später die Leichenschau gemacht und den Totenschein ausgestellt hat, sogar der Bestatter, das waren alles seine Leute. Er wollte Smirnow ein Schnippchen schlagen und sich mit dem Schwarzgeld absetzen. Sara sollte dann in Ruhe die Agentur verkaufen und nachkommen.«

Kroth grinste. Er hatte das Gesuchte endlich gefunden: Smirnows Absicherung für Notfälle, eine handliche Automatic-Pistole.

»Aber der gute alte Paul hatte wohl nicht damit gerechnet, dass Sara andere Pläne hatte«, sagte Beek, um Kroth zum Weiterreden zu animieren.

»Richtig. Sara dachte nicht im Traum daran, diese Goldgrube zu verkaufen. Und erst recht nicht, wenn sie durch Pauls Tod auch noch Alleineigentümerin werden konnte.«

»Aus dem vorgetäuschten Unfalltod wurde also ein echter«, half Beek weiter.

»Nicht ganz«, sagte Kroth. »Der Unfalltod war tatsächlich nur vorgetäuscht. Das gehört mit zum Plan, mit dem wir nun gleich drei lästige Fliegen mit einer Klappe schlagen. Die erste war Paul. Ihn für immer verschwinden zu lassen, nachdem er offiziell schon tot war, stellte kein großes Problem mehr dar.«

Er deutete mit seiner Pistole auf Smirnow. »Die zweite Fliege war der da. Ein harter Brocken, aber das haben Sie sauber hingekriegt.« Er grinste spöttisch. »Alle Achtung.«

»Sie sind verrückt«, sagte Beek, der endlich verstand, worauf alles hinauslief. »Das funktioniert nie!«

»Aber klar doch«, sagte Kroth. »Ich werde sie gleich mit seiner Waffe töten. Dann wird man zunächst glauben, dass sie sich gegenseitig erschossen haben. Schon bald jedoch wird man feststellen, dass ein Dritter beteiligt war. Man wird prüfen, für wen sie gearbeitet haben und auf die Agentur stoßen. Sara hat ein wasserdichtes Alibi für heute Abend und außerdem auch kein Motiv, Sie und Smirnow umzubringen. Sicher wird man sie trotzdem ein wenig unter Druck setzen, bis sie schließlich die Zweifel am Unfalltod ihres Mannes eingestehen und die Kundenkartei der Agentur herausgeben wird. Darin wird man die Namen der Polizisten, der Ärzte, des Bestatters und die Verbindung zu Smirnow finden. Die dann fällige Exhumierung wird ergeben, dass der Sarg leer ist.«

Kroth lachte. »Tote brauchen keine Alibis, hat der gute alte Paul gesagt, nachdem er alles so schön eingefädelt hatte. Jetzt ist er tot und hat kein Alibi. Und deshalb wird man nach ihm suchen. Auf die Idee, dass ich dahinterstecken könnte, wird keiner kommen.«

Er schaute Beek triumphierend an. Dann hob er die Linke, in der er Smirnows Pistole hielt und zielte auf den Detektiv.

Bevor er abdrückte, überlegte er es sich doch noch einmal anders und versuchte die Automatic in die Rechte zu nehmen, ohne seine eigene Waffe aus der Hand legen zu müssen.

In diesem Moment sprang Beek.

Halb segelte er noch über den Schreibtisch, halb hing er schon an Kroths Gurgel, als ihn der Schuss traf. Ein Schlag gegen die Brust. Den zweiten Schuss hörte er nur, spürte aber nicht mehr, ob er oder Kroth selbst getroffen wurde, denn sie befanden sich schon gemeinsam auf dem Weg zu Boden, wobei sie Smirnows Leiche samt Stuhl umrissen.

Als fünf Minuten später Hauptkommissar Max Hader zusammen mit Smirnows Sicherheitschef ins Büro trat, war Beek schon tot. Aber der angeschossene Mann, den er unter sich begraben hatte, lebte noch.

Hader schickte den Sicherheitschef hinaus, um Hilfe zu holen. Dann gab er Kroth den Rest und zückte sein Handy.

»Lief besser als erwartet, Sara«, sagte er, als die Verbindung stand. »Beek hat tatsächlich ganze Arbeit geleistet: Um Kroth musst du dir auch keine Sorgen mehr machen.«

# Warten auf Komarowski

Schon als Herward den Blinden das erste Mal sah, beschlich ihn ein ungutes Gefühl.

Der Mann stand vor dem Gefängniseingang und orgelte eine Schnulze, von der Herward wusste, dass er sie schon zigmal gehört hatte. Obwohl er die einfache Melodie weder zuordnen konnte noch besonders mochte, ging sie ihm den ganzen Tag nicht mehr aus dem Kopf. Er ertappte sich mehrfach dabei, wie er sie vor sich hinpfiff, und als er abends nach Hause kam und sie immer noch leise summte, sprach Rosa ihn schließlich darauf an: »Seit wann bist du ein Fan von Dr. Schiwago?«

»Wie bitte?« Er sah von dem Modellflugzeug auf, das er gerade für Jakob reparierte.

»Dr. Schiwago«, sagte Rosa, »was du da summst, ist Filmmusik aus Dr. Schiwago.«

»Aha. Komisch, den Film hab ich nie gesehen. Dabei dachte ich die ganze Zeit, ich kenn' das Stück irgendwoher.«

»Du Kulturbanause«, stöhnte Rosa. »Das Liedchen ist so bekannt, das hat wirklich jeder schon einmal gehört.«

»Na, wenn du meinst…du musst es ja wissen.« Herwards Desinteresse an den Erzeugnissen der Kulturindustrie war ständiges Ziel ihres Spotts. Was Literatur, Musik, Kino oder Fernsehunterhaltung anging, war er in etwa so beschlagen wie ein Kind. Er beschäftigte sich nur soweit damit, wie es der Umgang mit dem fünfjährigen Jakob erforderte. Und den hatte er auch schon erfolgreich von Rotkäppchen und Aschenputtel auf *Die Sendung mit der Maus* umgepolt. Da konnte man wenigstens noch etwas lernen. Natur und Technik waren seine Domäne, dazu noch ein bisschen Sport, aber auch das lieber aktiv, denn als Zuschauer.

»Ein blinder Leierkastenmann hat das Lied heute vor dem Gefängnistor gespielt«, sagte er, während er die Bastelei an dem Flugzeug beendete und seinen Arbeitsplatz aufräumte.

»Vor dem Gefängnis?« Rosa zog die Brauen hoch. »Seltsames Plätzchen, das er sich da ausgesucht hat. Hatte sich wohl verlaufen. Da gibt's doch nix zu verdienen. Hast du ihm wenigstens etwas in den Hut geworfen?«

»Er hatte gar keinen.«

»Ach, und auch kein Äffchen?«

»Wieso Äffchen?«

»Früher hatten viele Leierkastenmänner ein Äffchen, als zusätzliche Attraktion und zum Geld einsammeln.«

»Der hatte nur einen Blindenhund. Einen großen Schäferhund. Schönes Tier. Aber Geld schien er gar keins zu wollen.«

»Seltsam.« Rosa schüttelte noch einmal den Kopf.

»Ja. Leider war ich wieder mal viel zu spät dran und konnte mich deshalb nicht länger mit ihm befassen. Nach meinen Terminen hat mich dann der Gefängnispfarrer noch aufgehalten, und als ich endlich wieder herauskam, war er nicht mehr da.«

Herward zuckte die Achseln. Im Grunde bedauerte er es nicht besonders, dass der Blinde weg gewesen war. Der Mann hatte nach Ärger ausgesehen, und davon hatte Herward als Bewährungshelfer auch so schon genug.

Beim seinem nächsten Gefängnisbesuch, drei Tage später, stand der Blinde wieder vor dem Eingang und orgelte das gleiche Lied. Diesmal hatte Herward mehr Zeit und ging zu ihm hin.

Der Mann hob für einen Moment aufmerksam den Kopf. Obwohl er blind war und die Drehorgel ziemlich laut spielte, musste er Herwards Herannahen gehört haben. Auch der Schäferhund beäugte ihn misstrauisch, blieb dabei aber zu Füßen seines Herrchens liegen und schien, als er erst einmal entschieden hatte, dass der Fremde keine Gefahr darstellte, schnell das Interesse an ihm zu verlieren.

»Schönes Instrument, das Sie da haben«, rief Herward, nachdem er dem Georgel eine Weile gelauscht hatte.

»Ja«, erwiderte der Blinde. »Eine echte Baci, wenn Ihnen das etwas sagt.« Seine Stimme klang tief und voll und übertönte die Orgel mühelos.

»Eigentlich nicht. Ist das etwas Antikes? Der Kasten sieht ja schon ganz schön alt aus.« Er beeilte sich hinzuzufügen: »Aber auch sehr gepflegt natürlich.«

Der Blinde nickte und hörte mit dem Spiel auf. »Sie ist schon über hundert Jahre alt und wurde von dem berühmten Giovanni Bacigalupo gebaut, der Ende des 19. Jahrhunderts nach Berlin gekommen ist und im Prenzlauer Berg eine regelrechte Drehorgelbauer-Dynastie begründet hat. Es soll damals ziemlich viele italienische Drehorgelspieler in Berlin gegeben haben.«

»Sind Sie denn auch Italiener?«, fragte Herward, um das Gespräch in persönlichere Bahnen zu lenken.

Der Mann schüttelte den Kopf. Herward wartete auf eine weitere Erklärung. Stattdessen fing der Blinde wieder an, zu orgeln. Seine Gesprächigkeit schien beendet zu sein, wenn es um ihn selbst ging.

»Darf ich Ihnen etwas in den Hut werfen?«, versuchte Herward es noch einmal etwas direkter, indem er das Fehlen eines Huts einfach ignorierte.

Der Mann tat so, als hätte er ihn nicht gehört. Aber Herward ließ sich nicht so leicht abschütteln. »Sie haben sich ein ungewöhnliches Plätzchen für Ihre Musik ausgesucht.«

»Ich warte auf jemanden.«

»Haben Sie eigentlich auch noch andere Stücke in Ihrem Repertoire?«

»Ich warte auf Komarowski«, sagte der Blinde, als ob das eine Antwort auf die Frage wäre, und wandte sich von Herward ab.

»Komarowski, Komarowski…«, sinnierte Rosa, als Herward ihr am Abend von dem Gespräch mit dem Blinden erzählte. »Woran erinnert mich der Name bloß?«

»Irgend ein Krimineller wahrscheinlich, dessen Namen du aus der Zeitung kennst«, schlug Herward vor.

Rosa schüttelte den Kopf.

»Auf wen soll er denn sonst warten?«, fragte Herward. »Es kann nur ein Kumpel sein, dem er zu seiner Entlassung ein Ständchen bringen will. Außer den Knackis und ihren Besuchern kommen da doch nur Leute vorbei, die so wie unsereins beruflich dort zu tun haben, Vollzugsbeamte, Anwälte und die ganze Bande eben.«

»Anwälte, das ist es!« Rosa schnippte triumphierend mit dem Finger. »Komarowski ist eine Figur aus Doktor Schiwago. Ein Anwalt.«

»Aha.« Herward war wenig überzeugt. »Er wartet also auf eine Figur aus einem Film.«

»Und einem Roman. Pasternak hat für Doktor Schiwago sogar den Nobelpreis bekommen.«

»Na schön, meinetwegen auch aus einem preisgekrönten Roman.«

Rosa runzelte die Stirn.

»Was ist?«, fragte Herward. »Er wartet auf einen Anwalt, der zufällig Komarowski heißt und spielt ihm zu Ehren dieses Stück.«

Rosa schien der Vorschlag nicht zu gefallen. »Wenn ich das richtig in Erinnerung habe, war dieser Komarowski ein ziemlich mieses Schwein.«

»Na und, dann passt es doch eigentlich ganz gut, wenn er ausgerechnet vor dem Gefängnis auf ihn wartet.«

»Eigentlich schon. Trotzdem…« Rosa verzog den Mund. Ein Zeichen dafür, dass sie immer noch unzufrieden war. »Wenn ich jemandem ein Ständchen bringe, tue ich das doch in der Regel, um ihm eine Freude zu machen, und nicht, um ihn daran zu erinnern, was er für ein Schuft ist.«

»Da ist etwas Wahres dran.« Herward seufzte und spürte wieder das ungute Gefühl, das ihn schon beim ersten Anblick des Blinden beschlichen hatte.

Diesmal verging fast eine Woche, bis Herward wieder zum Gefängnis fuhr. Dennoch stand der Leierkastenmann erneut vor dem Eingang und orgelte die bekannte Melodie.

»Na, Komarowski ist wohl immer noch nicht aufgetaucht«, sagte Herward, der nun mehr und mehr zu der Überzeugung gelangte, dass der Mann verrückt sein musste.

»Er wird kommen«, entgegnete der Blinde, ohne jede Überraschung und ohne auch nur für einen Moment in seinem Spiel innezuhalten. Offenbar hatte er Herward kommen hören und am Schritt, spätestens aber an der Stimme wiedererkannt.

Herward brachte es nicht übers Herz, einfach weiterzugehen. »Und wenn er nun tatsächlich kommt, was wollen Sie denn eigentlich von diesem Komarowski?«

»Ich bringe ihn um.«

Einen Moment lang war Herward perplex. Dann wusste er nicht, ob er lachen oder weinen sollte, während der Blinde seelenruhig weiter die Drehorgel bediente.

»Er hat mein Leben zerstört.« Damit kam er Herwards nächster Frage zuvor. Allerdings hatte er es in einem Ton gesagt, der mehr als deutlich machte, dass dem nichts hinzuzufügen sei.

Herward wagte dennoch eine letzte Frage: »Und wie wollen Sie ihn umbringen?«

»Mit meiner Musik«, antwortete der Blinde mit einer Ruhe und Selbstverständlichkeit, die Herward endgültig von seiner Verrücktheit überzeugte.

»Vielleicht will er ihm ja seine Orgel über den Schädel ziehen«, meinte Rosa, nachdem Herward ihr von seinem neuesten Erlebnis mit dem Leierkastenmann berichtet hatte. »Wie schwer ist denn das Ding?«

»Keine Ahnung. Die Kiste steht auf so einem Wägelchen mit Schubladen, in die das Zubehör gepackt wird. Ich schätze mal, die ist da auch dran festgeschraubt. Da müsste er schon Gewichtheber sein, wenn er damit jemanden erschlagen will.«

»Dann hat er wohl etwas anderes im Sinn«, sagte Rosa. »Wie kann man jemanden mit Musik umbringen?«

»Du willst dir doch nicht allen Ernstes über diesen Quatsch den Kopf zerbrechen!«, spöttelte Herward. »Der Kerl ist total verrückt. Ich habe mit Wilbert, dem Gefängnispfarrer, über den Fall gesprochen. Es gibt dort zurzeit keinen Insassen oder Beschäftigten, der Komarowski heißt, und Wilbert kennt auch keinen Anwalt oder sonstigen regelmäßigen Besucher dieses Namens.«

»Das heißt noch gar nichts. Vielleicht ist dieser Komarowski ja einfach nur einer, der etwas ähnlich Schuftiges verbrochen hat wie der Komarowski aus Dr. Schiwago.«

»Und was hatte der verbrochen?«

»Er war ein skrupelloses Schwein, ein Opportunist, der vor der Russischen Revolution als Anwalt der Schönen und Reichen tätig war und sich dann später bei den Kommunisten anbiedert und sogar Minister wird.«

»So etwas ist zwar verwerflich, aber kein Verbrechen«, sagte Herward. »Die Sorte gibt's doch leider überall haufenweise.«

»Außerdem war er, glaube ich, auch irgendwie mitverantwortlich für den Selbstmord von Doktor Schiwagos Vater und hat Lara verführt und vergewaltigt, obwohl er doch eigentlich der Liebhaber ihrer Mutter ist, deren Notlage er schamlos ausnutzt.«

»Auweia«, stöhnte Herward, »klingt kompliziert. Und wer ist jetzt noch mal Lara?«

»Mann, schau dir halt den Film an, wenn er das nächste Mal in der Flimmerkiste läuft. Lara ist Dr. Schiwagos Geliebte. Das Stück, das der Blinde die ganze Zeit leiert, ist ihr musikalisches Thema in dem Film.«

»Aha, ich weiß jetzt zwar immer noch nicht, worum es eigentlich geht, aber für mich klingt das nach heftigen Beziehungsscharmützeln.« Herward seufzte. »Verbrechen aus Leidenschaft sind immer die schlimmsten.«


Auch bei seinem nächsten Gefängnisbesuch kam Herward nicht an dem blinden Leierkastenmann vorbei. Trotz seines ungeheuerlichen Vorhabens oder vielleicht auch gerade deswegen tat der Mann ihm leid.

»Warum hören Sie nicht auf mit dieser sinnlosen Warterei?«, begann er sehr direkt. »Rache ist doch keine Lösung und erst recht kein Lebenszweck.«

Der Blinde reagierte nicht, sondern drehte ungerührt weiter an seiner Orgel.

»Sie könnten so viele Menschen mit Ihrer Musik erfreuen. Gehen Sie in die Fußgängerzone und sammeln Sie Geld für einen guten Zweck, wenn Sie selbst keines brauchen.«

Der Mann ignorierte ihn weiter, was ihm wohl auch nicht allzu schwerfiel. Sehen konnte er ihn nicht, hören wollte er ihn anscheinend nicht, und das Geleier der Drehorgel tat ihr Übriges. Kopfschüttelnd ging Herward schließlich weiter. Nachdem er seine Besuche absolviert hatte, sprach er noch einmal mit Pfarrer Wilbert.

»Es hat keinen Zweck«, sagte der. »Ich habe auch schon versucht, ihn da unten wegzubringen. Er lässt sich nicht bewegen. Und da er niemand belästigt und sich noch keiner über ihn beschwert hat...« Wilbert hob die Schultern. »Spätestens wenn der Winter kommt, wird er kalte Füße kriegen und die Sache aufgeben.«

»Aber er steht doch immerhin mit der erklärten Absicht da, jemanden umzubringen!«

»Ja, eine Filmfigur.« Wilbert winkte ab. »Außerdem ist er unbewaffnet. Einer unserer Sicherheitsbeamten hat sich den Ausweis zeigen lassen und ihn überprüft. Ich denke, wir brauchen uns keine allzu großen Sorgen zu machen. Mit herkömmlichen Waffen dürfte es ihm ohnehin schwer möglich sein, einen Sehenden zu töten.«

»Blinde haben meist ein ausgezeichnetes Gehör«, gab Herward zu bedenken.

»Trotzdem kann er doch immer nur in die ungefähre Richtung, in der er seinen Gegner vermutet, schießen, stechen oder was auch immer. Auf die Art jemanden zu töten, wäre schon sehr zufällig.«

»Was ist mit dem Hund?«

»Ein Blindenhund. Die sind lammfromm. Quasi schon von Berufs wegen. Er würde sein Herrchen sicher mit Zähnen und Klauen verteidigen, aber nie selbst jemanden attackieren.«

»Na schön. Ihr Wort in Gottes Gehörgang. Ich hoffe, Sie behalten recht.« Herward schickte sich an zu gehen, als ihm noch etwas einfiel: »Wie heißt der Kerl denn nun eigentlich? Ihr Sicherheitsmann hat doch seine Papiere gecheckt. Oder fällt das unters Dienstgeheimnis?«

»Wüsste nicht, was da Geheimnisvolles dran sein sollte«, sagte Wilbert. »Er heißt Hans Cornelius Stentsen. Wenn Sie ihn fragen, wird er es Ihnen wahrscheinlich auch sagen.«

»Da bin ich mir nicht so sicher. Mit mir redet er ja nicht mehr.«

»Ha!«, entfuhr es Rosa, sofort nachdem sie den Namen Stentsen gehört hatte. »Das war doch dieser Schausteller, der nach einer schweren Krankheit plötzlich erblindet ist, und dem anschließend auch noch die Frau weggelaufen ist. Da kam mal so eine rührselige kleine Geschichte im Lokalfernsehen. Dass ich da nicht schon früher darauf gekommen bin: Er musste seine schönen Nostalgie-Karusselle verkaufen und hat nur eine alte Drehorgel behalten. Von einem Komarowski war damals in dem Bericht aber nicht die Rede.«

»Pah, die Frage ist doch nur, zu wem beziehungsweise mit wem die Frau abgehauen ist.« Herward glaubte, den Knackpunkt der Geschichte erkannt zu haben.

Rosa schüttelte den Kopf. »Das reicht mir noch nicht für eine Besessenheit, mit der er dort tagein, tagaus vor dem Knast steht und *Lara´s Song* orgelt.«

»Vielleicht gibt's ja in unserem Fall auch eine Lara. Hatten die Stentsens Kinder?«

»Kann schon sein, ich weiß nicht mehr, ob in dem Bericht etwas davon erwähnt wurde, aber ich finde, du solltest der

Sache nachgehen. Irgendwie habe ich jetzt ein ganz komisches Gefühl.«

»Ja«, seufzte Herward, »dieses Gefühl habe ich schon, seit ich den Mann das erste Mal mit seinem Leierkasten vorm Knast gesehen habe.«

Herwards Recherchen waren nicht sonderlich schwierig. Ein paar Anrufe genügten, um herauszufinden, dass Hans und Gisela Stentsen in der Tat eine Tochter gehabt hatten. Sie hatte jedoch nicht Lara, sondern Sara geheißen, und ihre eigene Mutter, Gisela Stentsen, hatte sie umgebracht, weshalb sie nun seit einem halben Jahr in der Frauenabteilung der JVA eine siebenjährige Freiheitsstrafe wegen Totschlags absaß.

Auslöser der grausigen Tat war die angebliche sexuelle Beziehung der gerade mal siebzehnjährigen Sara zu Giselas neuem Mann, Gerhard Reuländer gewesen, der nicht nur Giselas Anwalt, sondern offenbar auch der Grund ihrer Scheidung von Stentsen gewesen war.

»Volltreffer!«, hatte Rosa bemerkt, als Herward ihr vom Ergebnis seiner Recherchen berichtete.

Herward nickte. »Im Prozess hat Gisela Stentsen ihrer Tochter die alleinige Schuld an Reuländers Seitensprung angelastet. So unverständlich es für uns auch klingen mag, aber sie hat diesen Typen wohl mehr geliebt als ihr eigenes Kind.«

Rosas Gesicht war nur zu deutlich anzusehen, was sie davon hielt.

»Und Hans Stentsen wartet nun mit seinem Leierkasten vor dem Knast darauf, dass Reuländer von einem Besuch bei Gisela kommt, um ihn zu töten«, fuhr Herward fort. »Bleibt nur die Frage, wie er das anstellen will.«

»Was willst du tun?«

198

Herward hatte keine Ahnung.

»Man mag darüber denken, wie man will«, sagte Rosa, »aber ich finde, du solltest zumindest mal mit diesem Reu-länder reden und ihn warnen.«

Seit Herward wusste, was mit Stentsen los war, näherte er sich dem Gefängnistor jedes Mal mit einem noch mieseren Gefühl. Jedes Mal hoffte er, die Drehorgel nicht mehr zu hö-ren, und jedes Mal wurde seine Hoffnung enttäuscht.

Vor einer Woche hatte er Gerhard Reuländer in dessen Kanzlei besucht. Der Anwalt hatte ihn ausgelacht und seine Warnung in den Wind geschlagen.

»Ich war schon lange nicht mehr bei Gisela«, hatte er ge-sagt. »Sie bedeutet mir nichts mehr. Aber vielleicht gehe ich mal wieder hin. Nur um diesem Arschloch mit seinem lä-cherlichen Leierkasten zu sagen, was er mich mal kann!«

Herward hatte sofort an der Ausdrucksweise gemerkt, dass es keinen Zweck hatte, noch weiter mit Reuländer zu reden.

»Was soll mir dieser verrückte Blinde schon antun?«, hatte der ihm beim Hinausgehen noch hinterhergehöhnt. »Der ist doch froh, wenn er nicht über seine eigenen Füße stolpert.«

Jetzt stolperte Herward bei dem Anblick, der sich ihm vor dem Gefängnistor bot. Fast wäre er der Länge nach hingefal-len, als er sah, dass Reuländer tatsächlich bei Stentsen stand. Seine Warnung hatte das genaue Gegenteil bewirkt. Statt sich von dem Blinden fernzuhalten, war Reuländer zu ihm gegangen.

Herwards Sorgen schienen allerdings unbegründet zu sein. Es sah so aus, als ob die beiden Männer sich umarmten.

Dann jedoch, als er noch näher kam, sah Herward, dass Stentsen den Anwalt fest umklammert hielt. Der Hund war aufgesprungen und bellte. Stentsen ließ mit einer Hand los und fummelte an seinem Leierkasten herum.

Herward wollte auf die beiden zulaufen, doch schon ertönte ein Knall, und im selben Moment wurde er von den Füßen gerissen. Stentsen hatte sich und Reuländer in die Luft gejagt. Die Sprengladung war anscheinend in der Drehorgel versteckt gewesen, und ihre Druckwelle hatte Herward zu Boden geschleudert.

»Der arme Hund«, sagte Rosa, als Herward am Abend nach stundenlangen Vernehmungen nach Hause kam.

Er war nicht ganz sicher, ob sie damit nur den Blindenhund meinte, fragte aber nicht nach. Er wollte erst einmal nichts mehr hören von dem Ganzen, sah nur kurz bei Jakob vorbei, der schon in seinem Bettchen schlief, dann stieg er in die Sportklamotten und joggte in den dunklen Stadtpark.

Sein Tempo war zu schnell, viel zu schnell, aber er musste den Gedanken verjagen, dass Stentsen ihn benutzt hatte. Offenbar hatte der Blinde mit seinem Georgel vor dem Gefängnis nur einen wohlmeinenden Menschen gesucht, der ihm Reuländer in die Arme trieb. Als die Erschöpfung Herward endlich langsamer werden ließ, hörte er im Rhythmus seiner Schritte wieder *Lara´s Song*, und er wusste, dass ihm die Melodie nie mehr aus dem Kopf gehen würde.

# Blutsschwestern

Dorn starrte auf den schmutzig roten Fleck über dem Bett: sein Blut. Hochprozentig angereichert wie jeden Abend, den er auf der Tour verbrachte. Was blieb einem anderes übrig in den dunklen Stunden, wenn man nicht schlafen konnte und allein war mit sich und der Flasche. Dorn glaubte mittlerweile zu wissen, wann er aufhören musste, um den richtigen Grad der Betäubung zu erreichen und doch am nächsten Tag fahrtüchtig zu sein. Er brauchte den Job. Nicht nur wegen der Kohle. Der Job war seine Flucht.

Aber das Blut war nicht nur mit Alkohol, sondern auch mit dem der kleinen Dunkelhaarigen vermischt, die er nach Feierabend in dem Apartment mit den roten Gardinen besucht hatte. Beim Öffnen einer Sektflasche hatte sie sich am Finger verletzt. Er hatte das Blut abgeleckt. War sie nicht seine Blutsschwester? Gern wäre er die ganze Nacht bei ihr geblieben, konnte es sich aber nicht leisten. Und sie auch nicht. »Du bist nett«, hatte sie gesagt, obwohl sie ihn nicht wiedererkannt hatte, »ein ganz Lieber bist du, aber ich muss anschaffen, sonst krieg ich Ärger mit Oscar.« Ausgebeutet bis aufs Blut, genau wie er selbst!

Wenn man scharf hinsah, konnte man erkennen, was da noch zusammen mit dem Blut auf der weißen Raufasertapete klebte. Dorn konnte nach anderthalb Flaschen Wodka nicht mehr scharf sehen, wusste es aber trotzdem: die Flügel und Beinchen des kleinen Blutsaugers, den er zerquetscht hatte. Stellvertretend für alle gottverdammten Blutsauger dieser Welt. Für Oscar, für Karzer, für Bettina…

Er erschrak. Wie konnte er Bettina nur gleichsetzen mit diesen Schmarotzern! Auch wenn sie ihm an den Wochenenden das letzte Mark aus den Knochen sog, brauchte er sie dringend. Es blieb ihm keine andere Wahl, als immer wieder zu fliehen, wenn er nicht von ihr aufgefressen werden wollte. Und doch musste er auch immer wieder zu ihr zurück. Er beschloss noch einen letzten Schluck aus der Flasche zu nehmen, die wie üblich auf dem Nachttisch stand. Sie war leer. Scheiß drauf!

Am nächsten Morgen kam er schwer in die Gänge. Der Anblick der Flasche jagte ihm einen Mordsschrecken ein. Er wusste, was eine halbe Flasche mehr als sonst ausmachen konnte. Offenbar hatte er wieder einen kurzen Filmriss gehabt. Dann fiel ihm ein, dass er zusammen mit der Kleinen auch noch eine Flasche Sekt getrunken hatte. Billiges Zeug, pappsüß, aber er hatte das Gefühl gehabt, es sich und ihr schuldig zu sein.

Als er die Reisetasche im Kofferraum des Firmenwagens verstaute, meldete sich sein Handy. Die Nummer des Kaufhauses erschien auf dem Display. Er überlegte, ob er etwas im Schaufenster vergessen hatte.

»Könnten Sie bitte noch einmal vorbeikommen?«, fragte der Direktor höchstpersönlich. Er klang angespannt.

»Worum geht's denn?« Dorn erledigte seine Arbeit immer sehr gewissenhaft. Karzer duldete keine Schlamperei.

»Das kann ich am Telefon nicht sagen, aber es ist wichtig.«

»Na schön«, seufzte Dorn und dachte daran, was Karzer mit ihm machen würde, wenn er heute nicht mehr das komplette Schaufenster in Magdeburg schaffte.

Vor dem Kaufhaus erwartete ihn ein Menschenauflauf, der von Uniformierten hinter einer Absperrung gehalten wurde. Dorn nannte seinen Namen und wurde durchgelassen.

»Danke, dass Sie gekommen sind«, empfing ihn der Direktor.

»Sind Sie der Mann, der gestern dieses Schaufenster mit der Wüstenlandschaft dekoriert hat?«, fragte ein bulliger Typ in einem Sakko, das zwei Nummern zu klein war. »Kommissar Schäffer.« Er hielt Dorn seinen Dienstausweis unter die Nase.

Dorn runzelte die Stirn. »Sie meinen den Sandstrand? Ist etwas nicht in Ordnung damit?«

»Das will ich meinen«, sagte der Bulle. »Werfen Sie doch bitte mal einen Blick an den Strand!« Er betonte das letzte Wort, als bereite es ihm körperliche Schmerzen.

Nachdem Dorn seiner Bitte nachgekommen war, verstand er warum. Das kleine Urlaubsparadies, das er geschaffen hatte, war immer noch intakt. Aber der Kopf der Schaufensterpuppe, den er aus dem Sand hatte herausragen lassen, als habe sie sich dort eingegraben, war ersetzt worden durch einen echten Frauenkopf. Geisterhaft bleich unter der leicht verrutschten schwarzen Perücke. Blutleer, dachte Dorn. Der Rest der Frau fehlte. Wahrscheinlich war er noch in dem Apartment mit den roten Gardinen.

»Kennen Sie die Frau?«

Dorn schüttelte den Kopf. Übelkeit stieg in ihm hoch. »Ich bin Reisender, kenne niemanden hier in der Stadt. Außer den Leuten aus dem Kaufhaus, mit denen ich öfter zu tun habe.«

»Ein reisender Schaufenster-Dekorateur?« Der Bulle runzelte die Stirn.

»Gestalter für visuelles Marketing«, korrigierte Dorn. Er war froh, dass er sich abgewöhnt hatte, zum Frühstück mehr als eine Tasse Kaffee und eine Zigarette zu nehmen. Er fühlte sich schwach auf den Beinen, würde sich aber nicht übergeben müssen. »Unsere Firma hat mehr als sechzig Filialen in ganz Deutschland und Österreich. Ich sorge dafür, dass die Firmenstrategie überall richtig umgesetzt wird.«

»Wann haben Sie Feierabend gemacht?«, fragte der Bulle.

»Oh, gestern war ich früh fertig. So gegen sieben. Die Angestellten, die noch da waren, können das bestätigen.«

Der Bulle warf einen fragenden Blick auf seinen neben ihm stehenden Assistenten. Der nickte.

»Wir hatten ja noch bis 20.00 Uhr geöffnet«, sagte der Direktor.

»Haben Sie irgendeine Idee, warum jemand diesen Kopf ausgerechnet in Ihrem Schaufenster platziert hat?«, wandte der Bulle sich wieder an Dorn.

»Nicht die geringste. Außerdem ist es auch gar nicht mein Schaufenster. Ich fürchte, ich kann Ihnen nicht weiterhelfen. Darf ich nun gehen? Ich hab noch eine längere Fahrt vor mir.«

»Meinetwegen«, brummte der Bulle. »Wenn Sie uns nur bitte hinterlassen, wo wir Sie erreichen können…«

Als Dorn kurz darauf wieder auf die Straße trat, fiel ihm ein Mann hinter der Absperrung auf, der nicht zu den übrigen Schaulustigen passte. Er hatte gelockte schwarze Haare, die bis auf die Schultern fielen und in die sich erste Graufäden mischten, obwohl er noch nicht älter als dreißig sein konnte. Sein Anzug wirkte protzig elegant, als wolle er beweisen, dass er etwas darstellte. Der Blick, mit dem er Dorns etwas zu lange Musterung erwiderte, war stechend, seine Nase zeugte von gewaltsamen Zusammenstößen. Blutsauger, dachte Dorn, ein Blutsauger, der nach seiner Mahlzeit sucht. Er wandte sich schnell ab. Für einen Moment durchzuckte ihn der Wunsch, noch einmal zu den Bullen zurückzugehen und sie auf den Mann aufmerksam zu machen, dann ging er weiter zum Parkplatz.

Erst als er auf der Autobahn war, fühlte er sich erleichtert. Fahren beruhigte ihn. Das war schon immer so gewesen. Deswegen brauchte er diesen Job, obwohl er die langen dunklen Abende hasste. Nach den Wochenenden mit Bettina sehnte er sich jedes Mal zurück auf die Straße. Während sein Körper wie ein gut geölter Teil der Maschine die tausendfach geübten Abläufe ausführte und seine Sinne sich auf den Verkehr konzentrierten, konnte er am besten nachdenken.

Er hatte den Bullen nichts von dem großen Schlüsselbund gesagt, den er für den Fall, dass er nach Ladenschluss noch arbeiten musste, auf seiner Tour immer mitführte. Wenn der Direktor es für nötig hielt, konnte er ihnen ja davon erzählen.

Wahrscheinlich würden sie ohnehin wissen wollen, wer alles einen Schlüssel besaß. Irgendwie musste der Mörder in der Nacht ja mit dem Kopf der Kleinen hineingekommen sein, ohne dass der Wachdienst etwas bemerkt hatte. Da die Schaufenster gut gesichert und nicht demoliert waren, hatte er es wohl durch die Tür bewerkstelligt. Wenn die Bullen nichts fanden, würden sie sicher noch einmal auf ihn zukommen, befürchtete Dorn. Er würde ihnen sagen müssen, dass er mit der Kleinen zusammen gewesen war. Im Zeitalter der DNA-Tests ließ sich so etwas nicht lange verheimlichen. Und dann würde er auch zugeben müssen, dass er nicht wusste, wie er danach ins Bett gekommen war. Ein, zwei Stunden fehlten ihm. Reichte das, um eine Frau umzubringen, zu enthaupten und ihren Kopf in einem Schaufenster zu deponieren? Noch dazu, wenn man völlig betrunken war? Aber warum sollten ihm die Bullen die Geschichte von seinem Filmriss überhaupt abnehmen?

Früher hatte Dorn häufiger kleine Blackouts gehabt, nachdem er die dunklen Schatten mit geistigen Getränken vertrieben hatte. Die Erfahrung vor knapp einem Jahr in

München hatte ihn vorsichtiger gemacht. Zwei Tage nach seinem Aufenthalt dort hatte er in der Zeitung von einer Frau gelesen, die von ihrem Balkon in Neuperlach in den Tod gestürzt war. Der Ort stimmte und die Beschreibung der Toten erinnerte ihn an die »Blutsschwester«, die er am Abend des Selbstmords besucht hatte. Er war nicht hundertprozentig sicher, aber es reichte aus, um ihm einen Schock zu versetzen.

Trotzdem hatte er vor drei Monaten in Köln noch einmal einen Filmriss gehabt. Wieder nachdem er eine »Blutsschwester« besucht hatte. Danach war nichts passiert. Zumindest hatte er nichts gehört oder gelesen. Je länger er darüber nachdachte, desto unsicherer wurde er allerdings. Es war nicht so, dass er ständig zu solchen Frauen ging, wenn er unterwegs war. Eigentlich war es sogar die Ausnahme, denn es kostete ihn große Überwindung. Die wenigen Male, als er es geschafft hatte, waren aber so schön gewesen, dass er diese Frauen auf der nächsten Tour erneut besucht hatte. In der Regel kam er in jede Stadt nur einmal pro Halbjahr und sie erkannten ihn nicht wieder. Was er ihnen nicht übelnahm. Er mochte sie. Im Gegensatz zu Bettina waren sie so anspruchslos, wollten eigentlich gar nichts von ihm. Nicht einmal sein Geld. Das landete letztlich doch nur bei den Blutsaugern, für die sie anschafften. Warum sollte er sie umbringen? Und dennoch hatte er dieses mulmige Gefühl in der Magengegend.

Kurz vor Hannover war seine Entscheidung endgültig gefallen. Nach Köln waren es noch rund 300 Kilometer und er wusste nicht, wie lange es dauern würde, die Kleine, die er vor zwei Jahren in einer Bar in der Nähe des Doms kennen gelernt hatte, zu finden. Schließlich konnte er nicht davon ausgehen, dass sie in ihrem Apartment auf ihn wartete. Bis

Magdeburg würde er es danach sicher nicht mehr schaffen. Trotzdem musste er Gewissheit haben, ob sie noch lebte.

Karzer hatte kein Verständnis für private Extratouren, aber wenn Dorn ihm anböte, dafür das komplette Wochenende durchzuarbeiten, würde er ein Auge zudrücken. Angst machte Dorn vor allem, was Bettina sagen würde, wenn er nicht nach Hause käme. Seit sie sich gemeinsam aus dem schwarzen Loch der Depression herausgearbeitet hatten, war sie eine andere geworden. Er liebte sie noch immer und würde sie nie verlassen, aber die Art, wie sie ihn vereinnahmte, ließ ihm oft kaum Luft zum Atmen. Er seufzte. Vielleicht tat es ihr ja gut, einmal ein Wochenende allein verbringen zu müssen.

In Köln fuhr er ins Parkhaus am Dom und lief dann zu Fuß zu dem kleinen Apartment in der Nähe, wo die »Blutsschwester« unauffällig in einem kleinen Wohnhaus ihre Dienste angeboten hatte.

Auf sein Läuten öffnete eine üppige Blondine im schwarzen Neglige und lächelte ihn an.

»Ich suche Lilli«, sagte er ohne Umschweife.

»Ach«, sagte die Blonde, »da hast du aber Glück, Süßer. Genau so heiße ich.«

»Nein«, sagte Dorn. »Ich suche die Lilli, die früher hier gewohnt hat. Glatte schwarze Haare, bisschen größer als du und…«

Die Blonde zog einen Schmollmund. »Ach die, die wohnt nicht mehr hier. Aber ich kann alles, was sie kann. Sogar besser!«

»Weißt du, wo ich sie finde?«, fragte Dorn. »Ob sie noch lebt?«

»Bist du'n Bulle oder was?« Die Frau beäugte ihn misstrauisch.

»Nein«, sagte Dorn. »Aber es ist wirklich wichtig.«

Sie schüttelte den Kopf. Er fischte einen Zwanzigeuro-
schein aus der Brieftasche und hielt ihn ihr hin.

»Hm, wenn ich jetzt so überleg, gab's vor 'nem Vierteljahr
mal so'n Unfall, was Genaues kann ich aber auch nicht sagen...«

Dorn wurde schwindlig. Er stützte sich am Türrahmen ab.

»Willste nicht doch reinkommen, Süßer? Ich hab da 'n
nettes kleines Bettchen...«

Dorn riss sich zusammen, schüttelte den Kopf und ging.
Als er aus dem dunklen Treppenhaus auf die Straße trat,
glaubte er einen schwarz gelockten Mann im eleganten Anzug hinter der nächsten Ecke verschwinden zu sehen. Verfolgte ihn der Typ? War er am Ende gar kein Blutsauger,
sondern ein Bulle? Dorn fuhr sich mit der Hand über die
Augen. Er sah schon Gespenster. Auf keinen Fall durfte er
sich selbst verrückt machen. Auch was die Blonde erzählt
hatte, hieß gar nichts. Wahrscheinlich wollte sie ihm nur eins
auswischen, weil er sich nicht anbaggern ließ.

Trotzdem zerbrach er sich auf dem Weg zurück zum Auto
den Kopf, warum er ausgerechnet immer dann einen Filmriss hatte, wenn er die »Blutsschwestern« besuchte. Es musste damit zusammenhängen, dass er seinen Trieb nicht unter
Kontrolle hatte und aus Frust darüber anschließend auch
beim Alkohol die Hemmungen fallen ließ. Oder waren es
einfach nur Schuldgefühle gegenüber Bettina, weil er sie unter der Woche allein ließ? Schuldgefühle, die sich verstärk-
ten, wenn er zu anderen Frauen ging? Plötzlich verspürte er
ein unbändiges Verlangen, Bettina zu sehen.

Sein Fahrplan war ohnehin durcheinander. Was machten
da ein paar hundert Kilometer mehr! Er würde einfach noch
einmal schnell bei ihr vorbeischauen, bevor er weiter nach

Magdeburg fuhr. Auf Karzer würde es sogar überzeugender wirken, wenn er von zu Hause aus anrief, um die Verspätung zu erklären. Überhaupt – war das nicht eine großartige Idee, mit der er sich sowohl bei Karzer als auch bei Bettina und der Polizei aus der Affäre ziehen konnte? Er würde einfach sagen, dass er in Hamburg wegen des Frauenkopfs im Schaufenster aufgehalten worden sei und dabei erst gemerkt habe, dass er seinen großen Schlüsselbund, den er wegen der Verspätung in Magdeburg dringend brauchte, daheim vergessen habe.

Als er nach Hause kam, stand Bettinas Mini wie immer in der Einfahrt. Er hatte nie ganz verstanden, wozu sie den Wagen überhaupt wollte, wenn sie doch nie damit fuhr. Sie schien nicht sonderlich überrascht zu sein, ihn früher als erwartet zu sehen. »Schön, dass du schon da bist«, sagte sie. »Ich habe Kuchen gebacken. Er ist noch warm, aber dann schmeckt er besonders gut.«

Dorn brachte es nicht übers Herz, ihr sofort zu erklären, dass er wieder weg musste. Erst als sie am Kaffeetisch saßen, fasste er sich ein Herz. »Bettina, ich muss dir…«

Die Türglocke brachte noch einmal willkommenen Aufschub. Bettina ging öffnen. Als sie zurück in die Küche kam, folgte ihr der Schwarzgelockte auf dem Fuß und baute sich vor Dorn auf.

»Was wollen Sie von mir?«

»Geld«, sagte der Mann und entblößte sein makelloses Gebiss zu einem breiten Grinsen. »Du hast mein bestes Pferd im Stall totgemacht. Dafür musst du bezahlen.« Die Anwesenheit Bettinas, die sich hinter ihm am Herd zu schaffen machte, schien ihn nicht im Geringsten zu stören.

»Wie viel?«, fragte Dorn.

»Bist du verrückt?«, fauchte Bettina. »Du willst diesem schmierigen Zuhälter doch wohl kein Geld in den Rachen werfen! Du warst es doch gar nicht!«

Dorn sah sie verwirrt an. Der schmierige Zuhälter grinste noch breiter, als wollte er den Rachen schon einmal öffnen. Er wandte sich Bettina zu. »Woher wollen Sie wissen, dass...?«

Der Schlag mit der schweren gusseisernen Pfanne traf ihn an der Schläfe. Ohne weiteren Laut sackte er zusammen.

Dorn starrte weiter auf Bettina. Sie stellte die Pfanne auf den Herd zurück und lächelte. Es dauerte lange, bis er begriff. »Du...?«, brachte er endlich heraus.

»Ja, ich«, sagte sie. »Nach München damals bin ich dir nachgefahren, um dich nach Feierabend zu überraschen. Die Überraschte war dann aber ich, als ich dich mit dieser Nutte sah. Von da an bin ich dir öfter gefolgt.«

Dorn konnte es nicht fassen. »Warum...?«

Sie sah ihn erstaunt an. »Weil ich dich liebe.«

»Aber in Hamburg... «, stammelte er, »warum ... warum hast du ...?«

»Du meinst, wieso ich das mit dem Kopf gemacht habe?«

Er nickte. Das Entsetzen raubte ihm die Sprache.

»Ich hatte gehofft, du würdest aus dem Vorfall in München lernen. Leider war das nicht so. Nach dem Rückfall in Köln habe ich mir Nachschlüssel von deinem Bund anfertigen lassen. Ich wollte dir eine Medizin verabreichen, die dich ein für allemal kuriert.« Sie strahlte ihn an. »Als du heute schon so früh nach Hause kamst, wusste ich, dass sie gewirkt hat.«

**Die Geschichten erschienen zuerst in folgenden Anthologien:**

»Katzenglück«
in »Alte Götter sterben nicht«, Scherz 2002

»Unrecht Gut...«
in »Tatort Kanzel«, Friedrich-Wittig 2004

»Schwarzer Peter«
in »Tatorte«, Kontrast 2006

»Temperantia«
in »Todsünden«, Lerato 2006

»Tod auf dem Stabuff«
in »Million Dollar Mama«, Romantruhe 2008

»Rosalie geht um«
in »In Kürze verstorben«, KBV 2008

»Der schwarze König«
in »Mordhöfe«, Jokers 2009

»BERTOLT BRICHT«
in »Sterbenslust«, Gmeiner 2010

»Schacher-Masoch«
in »Schwarz gewinnt«, Jokers 2010

»Das höchste Gut«
in »Der Tod wartet im Netz«, Fischer e-book 2011

»Alex im Wunderland«
in »Tod im Taunus«, KBV 2011

»Abgetaucht oder Die Waffen einer Frau«
in »Eintauchen. Abtauchen. Auftauchen«, Viaterra 2011

»Mauerblümchen«
in »Am Ende blüht der Tod«, Jokers 2011

»Warten auf Komarowski«
in »Mords-Musik«, Buchvolk 2014

**Erstmals in gedruckter Form erscheinen:**

»Blutsschwestern«, bisher nur als MP3-Hörbuch
bei www.hoermordkartell.de

»Große Freiheit«, bisher nur als MP3-Hörbuch
bei www.jokers-downloads.de